O9-AHS-965

UN HOMBRE ARROGANTE

Kim Lawrence

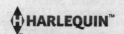

HARLEQUIN™

Editado por Harlequin Ibérica.
Una división de HarperCollins Ibérica, S.A.
Núñez de Balboa, 56
28001 Madrid

© 2011 Kim Lawrence
© 2018 Harlequin Ibérica, una división de HarperCollins Ibérica, S.A.
Un hombre arrogante, n.º 2671 - 26.12.18
Título original: The Thorn in His Side
Publicada originalmente por Harlequin Enterprises, Ltd.
Este título fue publicado originalmente en español en 2011

I.S.B.N.: 978-84-9188-995-3
Depósito legal: M-31603-2018
Impresión en CPI (Barcelona)
Fecha impresion para Argentina: 24.6.19
Distribuidor exclusivo para España: LOGISTA
Distribuidor para México: Distibuidora Intermex, S.A. de C.V.
Distribuidores para Argentina: Interior, DGP, S.A. Alvarado 2118.
Cap. Fed./Buenos Aires y Gran Buenos Aires, VACCARO HNOS.

Capítulo 1

EL móvil de Libby sonó justo cuando estaba tomando la salida de la autopista. Aparcó a la primera oportunidad que tuvo y se apresuró a responder.

—¿Mamá?

—¿A ti qué te parece?

A no ser que su madre hubiera adquirido un fuerte acento irlandés durante las dos semanas que había estado en Nueva York, no podía ser ella.

—¿Chloe?

—Libby, cariño... Me preguntaba si ibas a pasar por el pueblo de camino a casa después del trabajo...

—Es que no estoy volviendo del trabajo. Estoy volviendo del aeropuerto.

Se hizo un silencio antes de que su amiga añadiera con un gruñido, como recriminándose su despiste:

—¡Oh, claro! Lo siento, me había olvidado...

—Supongo que no habrás visto a mis padres...

—¿Tú tampoco? ¿No han ido a recogerte al aeropuerto?

—Sé que tenían intención de hacerlo —admitió Libby—. Pero no aparecieron, y como les llamé y no les encontré, alquilé un coche —frunció el ceño, preocupada—. Eso no es nada normal en ellos, la verdad. Sin embargo, seguro que tiene que haber una explicación muy sencilla, ¿no te parece? —fue incapaz de disimular el matiz de duda de su voz.

—Por supuesto que sí —le aseguró Chloe, consoladora—. Y no tiene que ver con ambulancias ni con ataques al corazón: tu padre está bien, y no niegues que es eso en lo que estás pensando. Sé cómo funciona tu cabeza.

Antes de que Libby pudiera responder a esa acusación, el bostezo que soltó su amiga la hizo sonreír.

—¿Por qué nadie me avisó de que ser madre es tan cansado? No he pegado ojo en toda la noche —admitió su amiga, bostezando de nuevo.

—¿Qué tal está mi ahijada?

—Le están saliendo los dientes o tiene un cólico. Ahora mismo acabo de dormirla. ¿Cómo ha ido el viaje?

—Fantástico.

—¿Tu amiga Susie te consiguió algún guapetón?

—Pues sí —inmediatamente Libby oyó un gritito de deleite al otro lado del teléfono.

—Cuéntamelo todo…

—No hay nada que contar, era guapo, pero...

—Déjame adivinar... —la interrumpió Chloe, después de soltar un gruñido—. No era tu tipo. ¿Es por casualidad algún hombre tu tipo, Libby? —parecía exasperada—. Con tu aspecto, podrías tener el hombre que quisieras... ¡para cada día de la semana!

—¿Quieres decir que parezco una mujer fácil?

—Quiero decir que tienes tanta clase como un champán francés. Por eso precisamente intimidas tanto a los hombres.

—Bonita teoría, pero cambiando de tema, ¿qué querías que te trajera del pueblo? —inquirió Libby, refrenando sus ganas de volver a casa. Sucediera lo que hubiera sucedido con sus padres, cinco minutos de retraso no iban a suponer diferencia alguna.

—No te preocupes, no importa.

Tras una corta discusión, Libby averiguó que su amiga necesitaba recoger a Eustace, su perro labrador, convaleciente de un accidente que había sufrido, en la clínica veterinaria.

—Alguien se dejó la puerta abierta y Eustace se escapó. Te juro que ese perro ha sido escapista en otra vida. Mike lo encontró enredado en una alambrada.

—¡Pobrecito! No te preocupes, me pilla de paso, yo...

—Ni se te ocurra.

—De verdad que no es ninguna molestia —mintió.

Una hora más tarde, Libby suspiró de alivio cuando el pueblo apareció ante ella. La lluvia había convertido la autopista en una pesadilla, pero por fin había parado de llover. Para cuando regresó al coche con el perro, tenía los zapatos empapados y el pantalón salpicado de barro.

Mientras el excitado animal tiraba sin cesar de la correa, Libby buscaba torpemente las llaves en el bolsillo para abrir la puerta. Justo cuando acababa de encontrarlas, hundió el tacón en un agujero del terreno y se tambaleó. Para colmo, en sus esfuerzos por manotear y conservar el equilibrio, soltó la correa.

—¡Estupendo! —masculló, forzando una sonrisa mientras se acercaba al perro que, sentado a unos pocos pasos de distancia parecía singularmente satisfecho consigo mismo—. Buen chico, Eustace... —fue aproximándose lentamente, con una mano extendida hacia él—. Quédate justo donde estás y...

La correa estaba a unos tan escasos como tentadores centímetros de sus dedos cuando el perro se alejó a la carrera, ladrando como un poseso. Libby cerró los ojos y soltó un gruñido.

—No puedo creer que me esté ocurriendo esto —y salió en su persecución.

Estaba jadeando y le había entrado flato para cuando el animal volvió a detenerse. Se había sentado en medio de la estrecha carretera. Golpeando el suelo con el rabo como un metrónomo, la miraba con expresión triste.

–Supongo que alguien se lo está pasando en grande, y no soy yo –gruñó mientras se inclinaba hacia delante con las manos apoyadas en las rodillas, sin aire en los pulmones– Oh, Dios mío, estoy perdiendo forma...

Apartándose de los ojos los mechones sueltos de su espesa melena castaño cobriza, dio un paso tentativo hacia el perro. El animal ladró y, juguetón, retrocedió otro. Libby se mordió el labio y lo miró frustrada.

–¡Me niego a que me engañe un animal del que incluso su propia dueña dice que no es ningún superdotado! –gritó.

«Tranquila, Libby», se dijo. «Estás hablando con un perro». Sería preocupante que esperara seriamente una respuesta por su parte. El monólogo interior quedó interrumpido por el ruido de un potente motor. El único tráfico de aquellas carreteras era el de los tractores, y aquello no parecía un tractor. No lo era.

La exacta secuencia de los acontecimientos le resultaría ciertamente difícil de recordar: aquellos breves segundos se transformarían en una neblina en su memoria. Tan pronto vio el gran coche negro dirigiéndose a toda velocidad directamente contra Eustace, como al momento siguiente se encontró en medio de la carretera agitando los brazos, algo que debió de parecerle una buena idea... con el vehículo echándosele encima.

Cuando el rodeo que dio para evitar el atasco de la autopista lo llevó a carreteras tan estrechas como la que estaba siguiendo en aquel momento, Rafael no se preocupó demasiado. No se le pasó por la cabeza consultar el GPS o detenerse para consultar el mapa de carreteras. Prefirió fiarse más bien de su excelente sentido de la orientación. Los verdes caminos de la campiña inglesa no eran ni de lejos tan peligrosos como otros que había transitado en su vida.

Mientras conducía, evocó el solitario viaje que había hecho con diecisiete años a las montañas de la Patagonia en un viejo jeep que se había averiado a intervalos regulares, hasta que finalmente se lo llevó la corriente. ¿Quién habría podido imaginar que la pista por la que había estado conduciendo era precisamente el lecho de un río? El recuerdo de las prisas con las que abrió la puerta y saltó al agua le arrancó una sonrisa.

Pero su expresión se tornó seria cuando identificó la punzada que repentinamente le había atravesado el pecho, como algo peligrosamente parecido a la nostalgia. Nostalgia… ¿o insatisfacción? Frunció sus oscuras cejas con un gesto de impaciencia, sobre sus entrecerrados ojos de color canela. Achacaba, al menos en parte, aquel poco característico estado de introspección suyo a la reunión que había tenido el día anterior.

Una reunión que no había resultado esencial, ya que no había tenido por qué ver a aquel tipo. Pero que se había producido porque, en su opinión, siempre había cosas que un hombre, incluso uno tan irresponsable e incompetente como Marchant, se merecía que le dijeran a la cara. ¡Y explicarle que estaba a punto de perder su negocio y su hogar era una de ellas!

No había esperado que fuera una reunión agradable, y no lo había sido. Por muy imbécil y torpe que fuera, ver a un hombre desesperado nunca era algo agradable. El tipo se había desmoronado ante su vista. Orgulloso como era, Rafael había experimentado vergüenza ajena de verlo así. Y había encontrado de mal gusto el espectáculo de lastimera autocompasión al que le había sometido el inglés.

Pese a saber que el propio Marchant había sido el principal responsable de su desgracia, aunque ciertamente con un pequeño empujón de parte de su propio abuelo, Rafael había experimentado una irracional punzada de culpa en el momento de marcharse. Culpa que se había desvanecido cuando el hombre le gritó a su espalda:

—Si fuera usted hijo mío...

—Si yo hubiera sido su hijo, le habría retirado del negocio antes de que acabara hundiéndolo y perdiendo además su hogar, que es lo que ha hecho.

—Espero que un día pierda todo lo que ama en esta vida. ¡Ojalá pueda estar presente para verlo!

¿Por qué parecían haberle afectado tanto aquellas palabras? Quizá por lo poco acertado de la maldición. Porque Rafael había perdido lo que más había querido en el mundo hacía mucho tiempo, y el dolor de aquella pérdida era ya poco más que un simple recuerdo. No había vuelto a arriesgarse: en la vida que llevaba actualmente, no había nada ni nadie a quien amar. Habría podido perder al día siguiente toda la fortuna que había amasado y no habría experimentado ningún dolor.

A los treinta años, había conseguido todo lo que se había propuesto y más. La pregunta era: «¿y ahora qué?». Rafael reconocía que el problema principal era mantenerse motivado. Económicamente era un privilegiado. ¿Qué necesitaba entonces para ser feliz?

Una maldición escapó de sus labios cuando alguien salió de pronto de la nada para invadir la carretera. La mujer pareció materializarse a la luz del crepúsculo; por una fracción de segundo, permaneció inmóvil frente a los faros de su coche como una suerte de fantasma.

Rafael creyó distinguir una esbelta figura, un rostro pálido como el alabastro, una nube de pelo rojo oscuro; su cerebro no tuvo tiempo de registrar nada más. Estaba demasiado ocupado intentando no añadir el homicidio a la lista de sus pecados mientras se esforzaba por evitar la colisión, que parecía aterradoramente inevitable.

Pero Rafael nunca en toda su vida había aceptado lo inevitable. La naturaleza lo había dotado de unos reflejos felinos y una cabeza fría cuando se enfrentaba a algún peligro... y suerte, por supuesto. «Nunca subestimes a la suerte», pensó mientras se preguntaba, viendo el árbol justo delante, si la suya no se habría acabado por fin. No fue así.

Contra todo pronóstico, logró esquivar a la pelirroja suicida y al árbol. Fue un milagro. Habría salido completamente del todo indemne si el coche no hubiera derrapado sobre el barro. Rafael vio impotente como el coche daba un aparatoso patinazo con vuelta de trescientos sesenta grados, que lo dejó atravesado en la carretera y medio hundido en una cuneta. Ni siquiera el cinturón de seguridad pudo evitar que se golpeara la cabeza contra el parabrisas.

Vio puntos luminosos detrás de sus párpados cerrados y oyó luego voces: no, una única voz, femenina, y nada carente, reflexionó aturdido, de atractivo. Aquella voz le estaba suplicando que no... que no estuviera muerto. ¿Lo estaría quizás? El dolor de cabeza sugería lo contrario, además de que aquella voz, con su timbre sensualmente ronco, no podía ser la de un ángel.

«Magnífica voz y estúpidas preguntas», pensó mientras se esforzaba por concentrarse en asuntos más urgentes, como por ejemplo que todavía estaba de una pieza y tenía que reaccionar. Se palpó los miembros: todo parecía en su lugar y en orden, algo de lo cual se alegró. Sentía la cabeza como si alguien estuviera tocando los platillos dentro.

Sintiendo una mano en la nuca, empezó a levantar la cabeza con cuidado y oyó la voz, la que no pertenecía a ningún ángel, murmurar un ferviente «¡gracias a Dios!». Parpadeó varias veces, y el movimiento le provocó una punzada de dolor en las sienes. Esbozando una mueca, se llevó las manos a la frente e intentó girar la cabeza lentamente hacia el lugar del que procedía aquella voz. Con la misma cautela, se obligó a abrir los ojos y, a través de los dedos, distinguió un rostro pálido, de forma ovalada. El glorioso halo de cabello rojizo que lo rodeaba le resultó extrañamente familiar, hasta que pudo enfocar bien sus rasgos.

Era la mujer suicida que había causado el accidente. Pelirroja, joven y hermosa. Tanto que, incluso mientras estaba pensando que un azul tan vívido como el de sus ojos solo podía explicarse por el concurso de unas lentes de contacto, experimentó una punzada tan violenta de deseo que le confirmó que estaba vivo. La vista se le nubló de nuevo y cerró los ojos, a la espera de que pasara la náusea. Al parecer aquellos síntomas, junto con la incontrolable corriente de testosterona, eran consecuencia del golpe que había recibido en la cabeza, de modo que pasarían pronto.

Abrió de nuevo los ojos justo cuando la joven metía la cabeza dentro del coche, con aquel cabello que tanto le recordaba el rojo fuego de las hojas otoñales. La náusea había desaparecido, para verse reemplazada por un implacable deseo de deslizar la lengua entre aquellos sensuales labios.

Incluso con su maltrecho cerebro trabajando a un

cincuenta por ciento de capacidad acarició la idea de
seguir aquel impulso. ¡Aquella boca...! Al menos el
deseo que le abrasaba las venas servía de eficaz dis-
tracción al martilleo que le torturaba el cerebro. Hacía
mucho tiempo que una cara femenina no le había despertado una reacción tan... primitiva. Si bien una parte de su ser estaba sufriendo, ya que a Rafael le gustaba mantener siempre el control de todo, incluidos sus
apetitos, otra parte le sugería en cambio que se relaja-
ra. Que disfrutara del momento.

Capítulo 2

S E encuentra bien?
Pese a que estaba disfrutando de lo delicioso de su aroma, sus facultades mentales se aclararon lo suficiente para certificar lo estúpido de la pregunta. Pelirroja y estúpida, por no hablar de suicida.

La imagen de la pelirroja esperando en medio de la carretera a que la pasara por encima, como una virgen a la espera de ser sacrificada, asaltó de nuevo su mente provocando una estimulante descarga de adrenalina.

–¿Le duele algo? –inquirió Libby, abriendo un poco más la puerta. Asomándose al interior del coche, miró a su alrededor buscando un lugar donde poner el móvil que llevaba en la mano. Se levantó la falda para apoyar una rodilla en el borde del asiento mientras se estiraba para dejarlo sobre el salpicadero–. No se preocupe, se pondrá bien –inmediatamente cruzó los dedos y pensó: «Dios mío, no me hagas quedar como una mentirosa».

«Estupendo», pensó Rafael, posando la mirada en el borde de encaje de su media. Estaba sintiendo muchas cosas en aquel momento, pero… ¡bien, lo que se decía bien, no se sentía en absoluto!

–Si estoy bien, no es precisamente gracias a usted.

El sobresalto que experimentó Libby al oírlo hablar le impidió poder identificar en un primer momento el acento extranjero de su voz hostil. Una voz tan profunda y vibrante, que le erizó el vello de los brazos.

—Me doy cuenta de que uno tiene que buscar maneras de entretenerse en el campo, pero lanzarse al paso de vehículos en marcha es quizá una medida un tanto extremada —agarrándose todavía la cabeza, flexionó los hombros y maldijo cuando sus doloridos músculos protestaron.

La respuesta natural de Libby al sarcasmo y a la grosería, presentes ambos en su comentario, siempre había sido proporcional a la ofensa recibida. Pero dado que había estado a punto de matar a aquel hombre, le pareció más apropiado morderse la lengua.

—¿Qué pretendía hacer? ¿Llamar mi atención? ¿O se trata de algún pintoresco ritual local de apareamiento?

«Vete al diablo», pronunció Libby para sus adentros mientras su alivio inicial se trocaba en indignación. Esforzándose por mantener una actitud sumisa ante aquella retahíla de insultos, murmuró una disculpa.

—De verdad que no fue mi intención...

Cualquier intento por justificarse a esas alturas resultaría absurdo. «¿Qué voy a decirle ahora a Chloe?», se preguntó. Hizo un tácito recuento de sus logros: había estado a punto de matar a un hombre, destrozándole de paso el coche, y había perdido a la querida mascota de su amiga. Todo ello parecía difícil de superar, pero, tal como estaban yendo las cosas... ¿quién podía asegurarlo?

—Yo... lo siento muchísimo —dijo genuinamente arrepentida.

—Oh, entonces todo arreglado —ironizó él.

Libby sintió que se ruborizaba de vergüenza en respuesta al sarcasmo de su víctima, que con una mano todavía en la frente, se giró hacia el otro lado para desabrocharse el cinturón. Su mirada voló entonces de su oscuro y brillante pelo, que se le rizaba a la altura de la nuca, a la mancha de sangre en el cristal. Aquello fue como un oportuno recordatorio de su propio papel como malvada agresora, y del desconocido como víctima inocente. Inmediatamente estiró una mano hacia el móvil que había dejado sobre el salpicadero.

–La ambulancia... voy a llamarla –«mejor tarde que nunca, Libby», se dijo.

Justo en ese momento, ya liberado del cinturón, el hombre se volvió hacia ella. El intento de Libby de esbozar una apaciguadora sonrisa se disolvió al tiempo que lanzaba un leve gemido de sorpresa. Pero no por la herida del hombre, sino porque era... guapísimo. Tanto por la extraordinaria longitud de sus pestañas y la perfección de sus pómulos bellamente cincelados, como por su nariz recta y sus labios llenos y sensuales, era de una hermosura absoluta. Sin embargo, fue el aura de cruda sexualidad que exudaba lo que hizo que se lo quedara mirando sin aliento. La excitación física se cerró como un puño en su vientre.

Se quedó tan impresionada, que tardó varios segundos en registrar al fin el sangriento corte de su ancha frente, que naciendo en su oreja derecha se perdía en la línea del pelo, así como la palidez que se traslucía bajo su tez dorada. «Contrólate, Libby, no es la primera vez que ves a un hombre guapo», le recordó una voz interior. «Aunque ninguno tan guapo», añadió la misma voz.

«Además está sufriendo», fue el otro oportuno recordatorio. Se mordió el labio, bajó la mirada y esbozó una mueca culpable. El olvidado curso de primeros auxilios que había hecho hacía siglos... ¡definitivamente no había incluido ponerse a babear mientras la víctima del accidente moría desangrada!

–Creo... –se interrumpió. Y perdió completamente

el hilo de sus pensamientos mientras el herido la miraba con sus ojos color canela. El brillo de aquella mirada no hizo más que intensificar la sensación de ahogo que estaba sintiendo, aunque quizá fuera el jet lag. «Eso espero», pensó, ya que esa última opción la complacía mucho más y la asustaba mucho menos. Se humedeció los labios resecos con la punta de la lengua y lo intentó de nuevo–: Su cabeza.

Siguiendo el gesto de sus dedos, el hombre alzó una mano. No esbozó mueca alguna de dolor al tocarse la herida, al contrario que Libby. Al bajar la mano, miró con un extraño desinterés la mancha roja de sus dedos antes de limpiárselos en la pechera de la camisa.

–No se asuste –esforzándose por seguir su propio consejo, empezó a teclear el número de emergencias en el móvil.

Con el dedo a punto de pulsar la techa de llamada, se quedó sin aliento cuando sus dedos largos y morenos se cerraron sobre su muñeca. La rapidez del movimiento la dejó consternada, pero no tanto como el efecto de su breve contacto en su sistema nervioso. La soltó en seguida, y Libby se llevó la mano al pecho con el corazón acelerado.

–No necesito una ambulancia.

No era una frase que invitara a la discusión. Podía ver que era un hombre acostumbrado a dar órdenes. Incluso después de aquel accidente que habría podido intimidar al hombre más duro, conservaba una actitud que no podía menos que calificarse de arrogante. En cuanto al brillo de sus ojos, era demasiado sagaz para comodidad de Libby, a la par que levemente divertido. Como si fuera consciente de los esfuerzos que ella estaba haciendo por no mirar aquella boca tan increíblemente sensual

Desterró aquella absurda ocurrencia. En cualquier caso, aunque no fuera capaz de leerle el pensamiento, tenía unos ojos que le recordaban los de un felino.

–¿Cómo ha quedado el coche?

Se sorprendió cuando lo vio mirar el reloj de acero de su muñeca, como para comprobar si funcionaba. Tuvo la sensación de que su lista de prioridades estaba un tanto desquiciada.

–Ni idea. Me preocupaba más su estado físico.

Un tic de impaciencia se dibujó en su rostro.

–Como puede ver, estoy bien... de una pieza.

Libby había visto suficientes telefilmes de hospitales como para saber que gente con ese mismo aspecto solía desmayarse sin previo aviso, como consecuencia de graves heridas internas. La pregunta persistía: ¿cómo recomendar cautela sin parecer al mismo tiempo alarmista?

–¿Dónde estamos exactamente?

–¿No se acuerda de lo que ha pasado? –le preguntó. «Oh, Dios mío... ¿y si tiene amnesia?–. ¿Recuerda cómo se llama? –alzó la voz.

–No estoy sordo, y estúpido tampoco soy –la nunca pronunciada coletilla de «al contrario que usted» resultó implícita en la mirada que le lanzó–. Sé cómo me llamo –ladeó la cabeza hacia la ventanilla, que no le ofreció más vista que la de la cuneta verde–. Es el nombre de este lugar el que necesito saber para buscarme un medio alternativo de transporte –con un poco de suerte, pediría a su secretaria que fuera a buscarlo en su coche para así poder asistir a la reunión a la que se dirigía, y minimizar así el retraso en todo lo posible.

–¡Oh! –sintiéndose como una estúpida, quedó sumida en un avergonzado silencio mientras él se sacaba un móvil del bolsillo.

–No hay cobertura.

¡Al menos de eso no podría echarle la culpa a ella!

–¿Qué quiere que le haga yo? –le espetó en un impulso, aunque suavizó su malhumorada reacción añadiendo una tranquilizadora nota de preocupación–. Puede que tenga una conmoción cerebral.

Habría podido mencionarle una larga lista de posibles lesiones, pero como no quería meterle miedo, se contuvo. Aunque no le parecía el tipo de hombre que fuera a asustarse pensando que tenía un hueso roto o dos.

–¿Una conmoción...? Tampoco sería la primera vez.

–Eso explicaría muchas cosas –rezongó ella. Enfrentada a su mirada hostil, se apresuró a añadir–: En serio, creo que no debería intentar moverse.

Rafael pensó que la pelirroja guardaba una lengua afilada dentro de aquella boca tan maravillosa. Su irritación estaba dirigida en parte contra su propia incapacidad para pensar con coherencia... y sobreponerse a su excitación.

–Como ya le he dicho antes, no necesito atención médica.

–Quien se puede morir es usted, no yo.

Inmediatamente arrepentida de aquel comentario, empezó a retroceder. El exiguo espacio de aquel coche estaba empezando a resultarle claustrofóbico.

–Puedo ver que encuentra tentadora la perspectiva.

–¡Por supuesto que no! –protestó, ruborizada. Si no respiraba pronto un poco de aire puro, iba a necesitar una ambulancia–. Estoy intentando ayudarlo –ceñuda, continuó retrocediendo con intención de salir del vehículo cuanto antes.

–Me sentiría mucho más seguro si no lo hiciera.

–Le he dicho que lo siento, pero bajo estas circunstancias, creo que... ¡maldita sea! –Libby lanzó una exasperada mirada a su falda, que se le había enganchado en la palanca de cambios. No tuvo más remedio que acercarse a él mientras se esforzaba por liberar la tela.

–Permítame.

Sus dedos largos y bronceados rozaron los suyos y Libby retiró la mano como si el contacto le hubiera quemado. «Reacción exagerada», se amonestó en silencio. Podía sentir su mirada fija en su nuca, pero procuró no alzar la cabeza mientras murmuraba:

–Ya puedo yo. Creo que no deberíamos... –suspiró de alivio cuando por fin logró desenganchar la falda– ... correr el riesgo.

Rafael se pasó una mano por la sombra de barba de su mentón.

–¿Nosotros? ¿Ha utilizado la primera persona del plural? –inquirió, cada vez más atraído por el espectáculo de su nuca. Jamás hasta ese momento había encontrado tan atractiva aquella zona de la anatomía femenina.

–Está bien –concedió Libby con una fría sonrisa–. Es usted, no yo, quien está sangrando. Es usted duro, lo reconozco, y estoy impresionada, créame –continuó–. Pero quedarme de brazos cruzados viendo morir a alguien desangrado no es mi estilo. Ni siquiera cuando ese alguien es... –Libby registró el brillo de incredulidad de sus ojos y se obligó a interrumpirse.

–Es... ¿qué?

Sacudió la cabeza, pero se quedó sin aliento cuando él alzó una mano sin previo aviso para tomarle suavemente la babilla con dos dedos. Se había quedado demasiado sobrecogida para resistirse mientras él la obligaba a alzar la cabeza. Estaba tan cerca, que podía sentir la caricia de su aliento en el rostro.

Cuando deslizó el pulgar en un lento movimiento circular a lo largo de su mejilla, el estómago de Libby dio un dramático vuelco: hasta la última de sus terminaciones nerviosas se puso a vibrar.

Ignorando la voz interior que le alertaba contra tales prácticas, Rafael le acunó el rostro entre las manos y se quedó contemplando el azul zafiro de sus ojos, que parecía desparecer conforme se dilataban sus pupilas. Y soltó un gruñido al tiempo que bajaba la mirada hasta sus labios.

—¡Pero... está usted herido! ¡Sufriendo!

—No sabe cuánta razón tiene.

Libby se esforzó por liberarse del extraño letargo que parecía haberse apoderado de su cuerpo.

—Permítame que vaya en busca de ayuda, yo...

—Tienes una boca preciosa.

Libby dejó de resistirse mientras pensaba: «y tú también». Rafael frunció el ceño.

—¿Cómo te llamas?

Tenía la garganta tan seca, que apenas le salió un murmullo, apenas audible por encima del atronador latido de su corazón.

—Libby.

Ella había leído en alguna parte que una lesión física podía hacer que alguien se comportara de una manera totalmente absurda. «Ya, ¿y cuál es tu excusa, Libby?», se preguntó.

—Libby... —pronunció la palabra como si la estuviera paladeando.

Ella asintió, reconociendo apenas su nombre cuando lo pronunció, e identificando al fin su acento como español.

—Mira, esto no...

Él acercó los labios a los suyos, tocándolos casi, deteniéndolos a la distancia de un suspiro.

«¿Qué diablos estás haciendo, Rafael?», se preguntó. Y habría reaccionado a aquella última protesta de cordura si ella no hubiera elegido aquel preciso momento para emitir un leve gemido y fundir su boca con la suya.

Una fracción de segundo después se apartó soltando otro gemido, pero el daño ya estaba hecho. La vergüenza le abrasaba las mejillas cuando se encontró con su mirada.

—Eso no ha...

—Eso no ha estado tan mal —la interrumpió con un ronco y sensual gruñido que hizo aún mayores estragos en el ya alterado sistema nervioso de Libby—. Pero creo que podemos hacerlo mejor.

Cumplió su palabra. Sus labios delinearon con voluptuosa destreza el contorno de su boca. Y Libby se oyó a sí misma gimió cuando él deslizó la lengua por su labio inferior antes de atraparlo delicadamente entre los dientes.

Si hasta ese instante no había movido un solo músculo, de pronto se apartó horrorizada para caer fuera del coche en su apresuramiento por escapar.

Capítulo 3

LIBBY se quedó paralizada, con una mano en la boca como si acabara de tomar horrorizada conciencia de lo que acababa de hacer. Aquello era algo que no podía achacar al jet lag; había perdido el control, sexualmente hablando, con un extraño. Alguien cuyo nombre ni siquiera conocía.

Le ardían las mejillas de vergüenza. ¿Qué era lo que le había sucedido? La respuesta a aquella pregunta estaba saliendo en aquel momento del coche siniestrado. Y su lenguaje corporal no parecía el de alguien que había sobrevivido a un accidente. Como tampoco el de alguien que acababa de besarla con pasión.

Bochornosos recuerdos asaltaron su mente. Por un estremecedor instante volvió a sentir la textura de sus labios, el sabor de su boca. Apretando los dientes, se esforzó por desterrar la imagen de aquellos abrasadores ojos. Lo consiguió, pero no antes de que el fuego que sentía en el vientre se cerrara en un duro puño de deseo.

No la ayudó el hecho de saber que lo que sentía era algo frívolo, exclusivamente sexual. Jadeó levemente, con las rodillas temblorosas, mientras lo veía saltar al suelo y estirar los músculos. El impecable traje le sentaba de maravilla. Tragó saliva. En el estrecho espacio del coche había resultado obvio que tenía un físico espléndido, pero hasta ese momento no había adquirido perfecta conciencia de lo impresionante de su cuerpo.

Con cerca de uno noventa de estatura, tenía un cuerpo de atleta. Anchas espaldas, caderas estrechas y unas piernas largas, larguísimas... Mientras Libby continuaba mirándolo, el hombre rodeó el coche e inspeccionó los destrozos con inescrutable expresión.

El estómago le dio un vuelco en el pecho. Nunca había imaginado que la manera de moverse de un hombre, con aquella elegancia y gracia felina, llegaría alguna vez a dejarla sin aliento. Pero su involuntaria admiración cedió paso a la indignación cuando vio que se ponía a manipular su móvil, como si estuviera enviando un mensaje. ¡Ni tan siquiera la había mirado!

Ella estaba temblando de pies a cabeza y él se comportaba como si no hubiera pasado nada. Lo cual, por un lado, estaba bien porque lo último que deseaba Libby en aquel momento era pensar en lo sucedido: lo que quería era echar a correr y olvidarse de todo. Aunque, por otro lado, había ocurrido: aquel hombre la había besado. Ciertamente no era lo mismo que una proposición de matrimonio, pero comportarse como si no hubiera sucedido nada después de besarla... bueno, eso era una evidente muestra de malos modales.

Y Libby odiaba los malos modales, sobre todo cuando ella se habría conformado simplemente con una pequeña muestra de arrepentimiento. O incluso un «gracias».

—¿Cómo se llama este lugar? —le preguntó él sin alzar la mirada.

Libby contempló indignada su cabeza morena. Ella también podía jugar a aquel juego.

—¿Así que ya tiene cobertura?

—Sí —enarcó las cejas con expresión interrogante, todavía a la espera de su respuesta.

—Buckford.

—¿Buckford...? —repitió Rafael, preguntándose por qué el nombre de aquel remoto lugar le resultaba tan vagamente familiar

Libby seguía observándolo mientras él continuaba escribiendo su mensaje. Apretando la mandíbula, empezó a alejarse de allí.

Segundos después de haberlo enviado, Rafael recibió un mensaje de texto de Gretchen, su secretaria, asegurándole que llegaría en menos de diez minutos. Satisfecho con la respuesta, alzó la vista a tiempo de ver a la pelirroja, cuyo avance por el terreno embarrado había seguido por el rabillo del ojo, agacharse para calzarse los zapatos.

El aire fresco le había despejado la cabeza y ya estaba empezando a arrepentirse de sus impulsivas reacciones. Esforzándose por dominarse, reconoció que su irritabilidad se debía en parte a algo tan sencillo como la frustración sexual. Pero arrepentido o no, la vista de su trasero mientras trepaba por la cuneta le provocó una nueva punzada de deseo.

Una vez en la carretera, Libby pisó fuerte para quitarse el barro de los zapatos, esbozando una mueca de desagrado por la sensación de sus dedos húmedos y sucios de barro dentro de sus zapatos. Retirándose la melena de la cara con una mano, se irguió. Incluso antes de volverse, supo que la estaba observando: podía sentir su mirada.

—Lo que sucedió entre nosotros hace un momento fue algo completamente inaceptable —le informó ella con tono helado—. Con conmoción cerebral y todo.

—Yo no tengo conmoción cerebral —solo un terrible dolor de cabeza: nada que una aspirina no pudiera curar—. Aunque tengo que reconocer que estoy algo confuso por el golpe.

Algo parecido a una carcajada de incredulidad escapó de la garganta de Libby.

–¿De qué se ríe? ¿Insinúa acaso que un hombre necesita tener una lesión en la cabeza para querer besarla?

Sorprendida por su comentario, lo miró con expresión airada.

–No, por supuesto que no. Para su información, no faltan los hombres que quieran besarme.

–Eso no lo dudo.

–Si vuelve a hacerlo, yo le, yo le... ¡le aseguro que lo lamentará!

La altivez de Libby flojeó un tanto cuando vio que empezaba a subir la cuneta a paso rápido. Segundos después se plantaba frente a ella y la avasallaba con su estatura, obligándola a echar la cabeza hacia atrás para mirarlo.

–Me besó –lo acusó, dirigiendo su acusación contra su pecho. No le habría importado medir unos centímetros más.

–Solo después de que me besara usted.

La provocación la llenó de ira. Habría dado lo que fuera por poder borrar aquella sonrisa de engreída satisfacción de su cara.

–Me había llevado un susto tremendo. Pensé que podía estar muerto –como excusa era patética, pero no se le ocurría otra.

–¿De manera que fue un beso de resurrección? –inquirió, curioso.

Libby, que no podía pensar en una respuesta ingeniosa, sacudió la cabeza.

–Creo que deberíamos olvidarlo –decidió, magnánima.

Esa era su intención, aunque el incidente tenía todos los ingredientes de una pesadilla.

–Como quiera, aunque me ofende que mis besos puedan resultarle tan fáciles de olvidar. Y eso que soy un firme seguidor del lema que dice que la práctica continuada deriva en la perfección.

Libby entrecerró los ojos. Si aquel beso hubiera sido más perfecto, ella se habría desmayado.

–Me da igual lo que piense, siempre y cuando no se le ocurra practicar conmigo.

–Tranquilícese: yo solo practico sexo con las mujeres que están en su sano juicio –«y van para tres meses», añadió para sus adentros. Lo cual explicaba lo impulsivo de su comportamiento.

Tenía apetitos, por supuesto, pero sabía controlarse y también sabía, o al menos eso le gustaba pensar, discriminar a sus parejas. Afortunadamente, eran muchas las mujeres que compartían su pragmática actitud y no necesitaban la fachada de una «relación amorosa» para permitirse disfrutar del sexo.

–¿Me está diciendo que yo no lo estoy? –se le encaró Libby, ceñuda.

–Se echó encima de mi coche. No me parece algo muy cuerdo por su parte –su mirada se ensombreció por el recuerdo del instante en que estuvo a punto de atropellarla–. ¿En qué estaba pensando? ¿Es usted una lunática o simplemente una suicida?

–Si lo hice fue porque usted iba a atropellar al perro. De todas formas, si no hubiera conducido a esa velocidad, nada de eso habría sucedido.

–Así que la culpa fue mía.

Libby sintió que un rubor culpable le subía por el cuello y las mejillas.

–No del todo –admitió, reacia.

–Y en cuanto al perro... –Rafael miró a su alrededor antes de encogerse de hombros–. Yo no veo ningún perro.

–¿Me está llamando mentirosa? –el rosa de sus mejillas se trocó en un rojo de ira.

Enarcó una ceja, mirándola divertido.

–Simplemente estoy diciendo que yo no veo ningún perro.

–¡Que no vea usted algo no significa que no exista! –le espetó Libby, colérica. ¿Realmente pensaba que el perro era un producto de su imaginación?

–Supongamos por un momento que había un perro...

–Había un perro –Libby apretó los dientes–. Es un labrador que responde al nombre de Eustace.

No vio razón alguna para añadir que el animal rara vez respondía a su nombre. De hecho, lo más probable era que el muy chalado saliera corriendo en dirección opuesta.

–¿Y dónde está ahora ese perro?

«Buena pregunta», pensó Libby mientras miraba preocupada a su alrededor.

–Quién sabe –admitió, sincera–. Es un poco... nervioso –dijo eso por no reconocer que estaba loco...

–Cuando un perro se comporta mal, la culpa es el amo, no del perro.

Libby se volvió hacia él, alzando la barbilla. Aquella actitud de superioridad la estaba sacando de quicio.

–Yo no estoy culpando al perro de nada. Y no tengo empacho alguno en admitir que el accidente fue culpa mía –le informó, altiva.

Rafael sacudió la cabeza al tiempo que esbozaba una sonrisa lobuna.

–¿Acaso no sabe usted que uno no debe nunca reconocerse culpable?

–No, a mí me enseñaron a decir siempre la verdad y a asumir siempre la responsabilidad de mis propios actos.

–Muy noble por su parte, estoy impresionado. Pero

en los tiempos que corren, tanta honestidad puede ser un lujo demasiado caro.

Libby se estremeció. Algunas mujeres, estaba segura de ello, habrían encontrado atractiva aquella cruel y amenazadora sonrisa. Se alegraba de no ser una de ellas.

—¿Me está amenazando?

Antes de que él pudiera responder, un perro salió ladrando de entre los arbustos del otro lado de la carretera.

—¿Le basta como prueba? —Libby le lanzó una desafiante mirada de triunfo antes de agacharse para quedar a la altura del perro—. ¡Eustace! ¡Hola, chico!

Pero el animal continuó ladrando, manteniéndose a prudente distancia. Y Rafael fue testigo de sus vanos esfuerzos por conseguir que se acercara.

—En el fondo de su naturaleza, un perro sigue siendo un lobo. Un animal de manada que necesita saber quién está al mando.

Libby le lanzó una mirada de disgusto mientras continuaba animando al perro a que se aproximara.

—Y se supone que ese es usted, ¿verdad? —pensó que si existía lo que se llamaba los machos alfa entre los humanos, estaba delante de uno de ellos.

—Mi estilo de vida no me permite tener mascotas —era la vida que había escogido para sí mismo, la que le convenía. Sin compromisos, sin nadie de quien tuviera que sentirse responsable.

Una vez había tenido esa responsabilidad y había fracasado. La culpa de haber fallado a la persona a la que había intentado proteger lo había acompañado durante años. Sí: había fallado a la única persona a la que había amado nunca. Que la mayoría de la gente pensara que la misión de una madre era velar por la seguridad de su hijo y no al revés era algo irrelevante.

Su madre había sido un alma frágil, marcada por el rechazo y por la necesidad de conseguir la aprobación de los hombres a lo largo de toda su vida. Aunque eso hubiera supuesto prescindir de la molestia que entrañaba tener un hijo, dejándolo a cargo de cualquiera.

Pero su madre siempre había vuelto a él consumida por la culpa, proclamando que era el único hombre de su vida. La dinámica se había repetido sin cesar: por un tiempo todo volvía a estar bien... hasta que aparecía otro amante. Y luego volvía a desaparecer y Rafael partía de nuevo en su busca.

Así hasta que un día no regresó, y Rafael salió una vez más a buscarla... para al final llegar demasiado tarde. Había muerto sola en un remoto pueblo que ni siquiera disponía de agua corriente, y mucho menos un médico. En aquel entonces Rafael, a sus quince años de edad, no había sido capaz de pagarle una lápida. Dos años después, con diecisiete, había vuelto para comprársela.

La población que la vio morir disponía actualmente de agua corriente y electricidad. Y el año anterior había puesto la primera piedra de una futura clínica.

—Y sin embargo se considera usted un experto en mascotas —rezongó Libby—. ¿De qué me sorprendo? Para su información, Eustace sufrió horribles maltratos. Necesita cariño, no que lo amenacen ni... —se interrumpió cuando percibió con toda claridad la tensión que parecía exudar aquel hombre. Se volvió de nuevo para mirarlo, extrañada—. ¿Se encuentra bien?

Se quedó confundida tanto por su propia reacción a la expresión de absoluta tristeza y desolación que había creído distinguir en su rostro, como por el motivo de la misma. Aunque en seguida pensó en una posible explicación: la herida del accidente.

—¿Su cabeza? —inquirió, aun sabiendo que el dolor

físico no podría explicar la conmovedora angustia que había leído en sus ojos.

Rafael se quedó contemplando sus ojos abiertos de par en par, tan azules como un cielo de verano.

–Mi cabeza está bien –dijo, dando un paso adelante y mentalmente varios hacia atrás, ahuyentando los oscuros recuerdos para concentrarse mejor en el agradable presente... y en la más agradable vista del tentador escote de su suéter–. Así que entiende usted de animales...

Consciente de la dirección de su descarada mirada, Libby sintió un delicioso cosquilleo en los pezones. ¡Y pensar que por un instante había estado en peligro de imaginar que aquel hombre tenía sentimientos! Soltó un resoplido de disgusto y le dio la espalda. El hecho de que su cuerpo continuara reaccionando sin su consentimiento no hizo sino incrementar el desprecio que sentía hacia sí misma.

–Digamos que me parecen... infinitamente preferibles a los hombres –murmuró entre dientes, y se sintió impelida a precisar–: A algunos hombres –fingió no escuchar su risa ronca–. Así que si no le importa, no pienso volver a hablar con usted... –y se pasó un dedo por los labios imitando el gesto de cerrar una cremallera.

Superada su sorpresa inicial, Rafael sonrió e inclinó su oscura cabeza.

–Como quiera.

Consciente de su crítico silencio, Libby prosiguió con sus intentos de convencer a Eustace de que se acercara... hasta que perdió la paciencia. Incorporándose, maldijo por lo bajo y se apartó el pelo de la cara antes de lanzar una frustrada mirada en su dirección.

–Está bien, si tan inteligentes es... ¿por qué no prueba usted? –lo desafió, esperando de manera irrazonable que tuviera tan poco éxito como ella.

Por supuesto, eso no ocurrió. Rafael dio un paso adelante, pronunció un par de palabras con tono autoritario en su propia lengua, y el perro, como si supiera español, trotó mansamente hacia él.

Libby apretó los dientes mientras veía al animal sentarse a sus pies meneando el rabo y contemplar con expresión de adoración al desconocido, que todavía se dignó acariciarle la cabeza antes de recoger la correa del suelo.

Sentía hervir su pecho de indignación, lo que le hacía incómodamente consciente de la rozadura del suéter en los pezones endurecidos. «Esto es una conspiración», pensó resentida. Primero la traicionaba su propio cuerpo y después el perro. Aceptando en silencio la correa que él le tendía, lo miró, entrecerrando los ojos.

–Me temo que, si ahora mismo lo llevara a mi casa, probablemente mi familia querría adoptarlo. Les encanta dar órdenes –le comentó antes de llamar de nuevo al perro.

–¿No me convertiría eso en su hermano? –se burló él.

–Ya tengo un hermano, y estoy seguro de que usted tendrá su propia familia.... –«y quizá una esposa», añadió para sus adentros.

De repente, la posibilidad la llenó de horror. ¿Habría besado no solamente a un desconocido, sino a un desconocido casado? Bajó la mirada a su mano izquierda y suspiró de alivio al no ver alianza alguna de matrimonio.

Rafael sacudió la cabeza.

–No, mi madre murió hace años. Y no tengo más familiares.

–Pero... ¡eso es muy triste! –exclamó Libby.

Capítulo 4

¿TRISTE? –Rafael enarcó una ceja y vio desvanecerse el brillo de compasión de sus ojos azules cuando añadió, cínico–: Por las familias que conozco, no tengo motivos para sentir envidia. ¡Abajo! –ordenó con tono severo al perro, que había empezado a frotarse contra su pierna, gimoteando.

El animal se tendió inmediatamente en el suelo, boca arriba, sumiso.

–¡Eustace! –volvió a llamarlo Libby, exasperada, tirando de la correa–. ¡Eres un imbécil redomado!

–Le advierto que me han llamado cosas peores.

–Si no se lo decía a usted... –distinguió un brillo burlón en su mirada y, reprimiendo una sonrisa, añadió con tono malhumorado–: Bueno, lo es, pero en este momento estaba hablando con el perro.

Los labios de Rafael esbozaron una sonrisa sardónica que se borró en cuanto vio aparecer un coche, doblando la curva de la carretera. Consciente de que había perdido su atención, Libby siguió la dirección de su mirada y descubrió un elegante deportivo rojo, con la capota bajada, avanzando hacia ellos. La conductora los saludó con un gesto y redujo la velocidad.

Rafael no le devolvió el saludo. Pero Libby sospechaba que la mujer que saltó ágilmente del deportivo nada más aparcarlo en el arcén no era ninguna desconocida. La observó mientras se acercaba, envidiosa de su curvilínea figura, de sus largas piernas y de lo bien que le quedaban aquellos tejanos tan ajustados. De lejos parecía fantástica. Y, de cerca, aún más perfecta.

Su rubia y sedosa melena, perfectamente lisa, se balanceaba en torno a su rostro. Un elegante peinado que Libby jamás había podido conseguir, por culpa del rizado natural de su pelo.

—Ra... ¡oh, Dios mío, sangre! —exclamó la rubia, llevándose una mano a la boca—. ¡Me están entrando náuseas!

Libby pensó que a ella le estaba sucediendo lo mismo. ¿Qué clase de hombre besaba a otra mujer mientras su novia se hallaba en camino de rescatarlo?

—Por favor, procura no ponerte a vomitar.

Acababa de escuchar la respuesta a su pregunta: la clase de hombre que hablaba a su novia de aquella forma. No pudo evitar preguntarse por qué la mujer no solo no se tomaba su comentario a mal... ¡sino que además parecía agradecida!

—Siento haber llegado tarde, pero es que he hecho una buena parte del camino detrás de un tractor. ¿Crees que te dejará cicatriz? —le preguntó, mirando aterrada la herida—. ¿Te han limpiado la herida? Podría infectarse...

Percibiendo que su secretaria estaba a punto de sufrir un ataque de ansiedad, Rafael procuró tranquilizarla con su respuesta. Cuando dominaba sus tendencias obsesivo–compulsivas, Gretchen era la mejor secretaria que había tenido nunca, pero cuando no lo conseguía, la situación podía tornarse cuando menos... interesante. Como aquella ocasión en que la mujer de la limpieza lo llamó a medianoche para informarle de que su secretaria continuaba en su despacho encendiendo y apagando repetidamente las luces, aparentemente incapaz de abandonarlo.

Mirando las cosas en retrospectiva, los síntomas

que habrían debido alertarlo sobre su problema siempre habían estado presentes, solo que en aquel entonces no se había dado cuenta. No era algo de lo que se sintiera orgulloso. Esperaba quizá demasiado de los que trabajaban para él, pero precisamente por ello sabía que debía ser generoso y estar tan dispuesto a dar como a recibir. Una de las primeras lecciones que Rafael había aprendido en la vida era que la lealtad era un camino de doble dirección.

Se había negado a aceptar su renuncia presentada entre lágrimas, diciéndole que le parecía absurdo que tuviera que perder a la mejor secretaria del mundo solo porque sintiera la necesidad de pasarse una hora entera lavándose las manos. En lugar de ello, le había recomendado un psiquiatra de prestigio e insistido en que hiciera terapia. La idea se había revelado magnífica pero, como reconocía la propia Gretchen, era un proceso largo.

—Sí, la herida está limpia –mintió.

Libby abrió la boca para refutar su respuesta, indignada, pero cambió de idea ante la mirada asesina que le lanzó.

—Y no te preocupes. No has llegado en absoluto tarde.

Gretchen sacudió la cabeza y miró impaciente su reloj.

—Te dije que tardaría diez minutos y han sido...

—Ya estás aquí, y eso es lo importante –la interrumpió Rafael.

—Sí, es verdad –lanzó a su jefe una sonrisa y suspiró profundamente–. Gracias. He avisado a una grúa. He pospuesto la reunión con los rusos y... –se interrumpió, quedándose sin aliento, cuando el labrador le puso una pata llena de barro sobre una pierna, a manera de saludo.

Rafael chasqueó la lengua, irritado.

—¡Abajo! —la mirada desaprobadora que acompañó la orden estaba dirigida a Libby, no al perro—. ¿Es que no puede controlar a este animal?

—Según usted, no.

A un par de pasos de distancia, la despampanante rubia continuaba limpiándose frenéticamente los tejanos, de manera un tanto exagerada en opinión de Libby. La mujer apenas le había dirigido la mirada.

—No es nada, Gretchen. Relájate.

La rubia miró la mano que su jefe acababa de apoyar en su hombro y tragó saliva, nerviosa. Alzó la cabeza después de frotarse con gesto nervioso la mancha ya invisible del pantalón.

—Realmente no me gusta nada el campo.

—Espérame en el coche.

Así lo hizo.

Libby pensó que la obediencia ciega no era una virtud restringida a la comunidad canina, salvo excepciones como la de Eustace. También funcionaba con las rubias guapas de uno ochenta de estatura.

—¿Le obedece la gente cada vez que chasquea los dedos? —esbozó una mueca, inmediatamente arrepentida de lo que había dicho—. He dicho eso en voz alta, ¿verdad?

—Sí, y la respuesta a su pregunta es no.

—Me sorprende usted —replicó, sin muestra alguna de asombro.

—Suelo producir ese efecto.

Libby sintió que el corazón le daba un vuelco ante la ardiente mirada que le lanzó, mientras una oleada de vergonzante calor se apoderaba de su cuerpo. Un calor que parecía acumularse de manera especial entre sus muslos. Ruborizada, su furia estaba dirigida en parte contra su propia debilidad, que la hacía reaccionar de aquella forma.

–No estoy interesada. Quizá debería intentar impresionar más bien a su novia.

Rafael arqueó las cejas, en respuesta a su mirada hostil.

–Gretchen es mi secretaria, no mi novia. Y yo no mezclo nunca el trabajo con el placer –se interrumpió de pronto, como sorprendido de sí mismo por haber roto la costumbre de toda una vida para dar explicaciones sobre su persona.

Libby, por su parte, se encogió de hombros para hacer ver que no albergaba ningún interés por la relación que pudiera tener con la rubia. Pero el inteligente brillo de los ojos de Rafael sugería que no había sido lo suficientemente convincente.

–No debería hacer esperar a... –señaló con la cabeza el coche rojo– su secretaria.

–Cierto –miró ceñudo el deportivo, pensando que tenía razón.

–Por mí no se entretenga… –apenas acababa de pronunciar las palabras cuando lo llamó con tono urgente–: ¡Espere!

–¿Tan pronto me ha echado de menos? Estoy conmovido.

Libby le lanzó una mirada cargada de disgusto mientras se sacaba un pedazo de papel de un bolsillo.

–¿Tiene un bolígrafo?

Rafael sacó un bolígrafo del bolsillo interior de su chaqueta, que le entregó. Vio que garabateaba algo en el papel.

–Ya está –dijo Libby, tendiéndoselo.

–¿Qué es? ¿Su número de teléfono?

–Mi nombre y dirección –le espetó, negándose a dejarse provocar por su tono burlón. Desvió la mirada hacia el vehículo siniestrado–. Envíeme la factura de la reparación.

Rafael bajó la vista a las palabras que había escrito en el papel.

—Puede ser bastante alta.

—Yo siempre pago mis deudas —le informó toda orgullosa—. ¿Pasa algo? —inquirió al ver que fruncía el ceño, extrañado.

—¿Se apellida usted Marchant? ¿Tiene algo que ver con la empresa Marchant Plastics?

—Mi abuelo la fundó y actualmente la dirige mi padre. ¿He dicho algo divertido? ¿Qué está haciendo? —añadió al ver que estrujaba el papel entre sus largos dedos—. Lo digo en serio: pienso pagar la reparación.

—No le tomaré la palabra. Pero no se preocupe: tengo una memoria excelente.

Libby se quedó viendo asombrada como se alejaba y subía al deportivo con la rubia, sin volverse ni una sola vez para mirarla. Lógico. Probablemente a esas alturas ya la había expulsado de su mente.

Eustace se mantuvo muy quieto en su asiento con la cabeza fuera de la ventanilla mientras Libby recorría el kilómetro escaso hasta llegar a la casa de campo de Chloe.

El viaje fue corto, y lo habría sido aún más si no hubiera sentido la necesidad de detenerse a medio camino para esconder la cara entre las manos y gruñir, mortificada: «Querías besarlo. ¡Y te gustó!». Cuando se miró en el espejo retrovisor, le pareció que llevaba la vergüenza escrita en el rostro. Chloe adivinaría lo que le pasaba en el instante en que la viera y, en su presente estado de ánimo... ¡tenía el incómodo presentimiento de que averiguaría también la causa exacta!

Sus temores se revelaron infundados porque fue el marido de Chloe, Joe, quien le abrió la puerta. Presentaba un aspecto más desastrado de lo normal: además tenía ojeras y parecía agotado. Libby se olvidó momentáneamente de sus propias preocupaciones mientras lo contemplaba compasiva.

—Hola, Joe.

Eustace saltó sobre su amo nada más verlo, haciendo que Libby soltara la correa.

—¡No ladres, que despertarás al bebé! —le dijo Joe al perro, agachándose para recoger la correa y recibiendo un lametazo en la cara antes de sonreír cansado pero agradecido a Libby—. Gracias. Podía haber pasado a recogerlo yo... hoy salí temprano del trabajo.

«Y me lo dices ahora», pensó Libby, forzando una sonrisa.

—No hay problema... —salvo que acababa de descubrir que no era una chica decente. Y que, por lo que se refería a los hombres arrebatadoramente guapos, era incluso fácil—. El veterinario dijo que lo llevaras el martes para que le quitaran los puntos y que le dieras esto —se llevó una mano al bolsillo y sacó un frasco de pastillas—. Dos veces al día, creo que me dijo...

—No te preocupes, no es la primera vez... por desgracia —se guardó el frasco con gesto cansado.

—¿Qué tal van las cosas?

—Un poco... mal, la verdad. Creo que es la falta de sueño. Chloe está durmiendo la siesta. Sé que le encantaría verte, pero si no te importa que no la despierte...

—No te preocupes. Yo también estoy bastante cansada. Tengo ganas de llegar a casa y ver a mis padres...

—¡Claro, por supuesto! —un brillo de compasión asomó a los ojos de Joe—. Me he enterado, Libby. Lo siento muchísimo. Si hay algo que... —se interrumpió, gruñendo cuando el inequívoco sonido del llanto de un bebé llegó hasta ellos. Ajeno a la alarmada expresión de Libby, se encogió de hombros a modo de disculpa–. Perdona, pero tengo que ir antes de que Chloe se despierte y...

–Tranquilo, y dale un beso de mi parte a...

–Eres un cielo.

Si no se hubiera apartado a tiempo, le habría dado con la puerta en las narices. Al recular, se torció el tobillo con los guijarros que rodeaban la casa. Apretando los dientes para soportar la punzada de dolor del tobillo, volvió sobre sus pasos con las palabras de Joe resonando todo el tiempo en su cerebro: «Me he enterado. Lo siento muchísimo...». ¿De qué se había enterado? ¿Qué era lo que sentía?

Tuvo que luchar contra el impulso de regresar a la casa, golpear la puerta y exigir a Joe que se explicara. Pero los ladridos del perro y el continuado llanto del bebé sugerían que tenía ya bastantes preocupaciones. Además de que era posible que hubiera malinterpretado lo que había dicho. Inmediatamente sacudió la cabeza. No, no había malinterpretado ni exagerado nada. Había sucedido alguna desgracia. ¿Y cómo reaccionaba ella ante una potencial crisis familiar? ¡Deteniéndose a besar a un desconocido de camino a casa!

Resistiendo el impulso de pisar el acelerador, toda vez que ya había causado un accidente por ese día, atravesó el pueblo devolviendo de manera automática los saludos que recibió de unos cuantos vecinos. ¿Estaba pecando de paranoica o creía leer la compasión en aquellos saludos? Aquella era una comunidad muy pequeña y todo el mundo se conocía bien, hasta el punto de que los secretos no existían.

Probablemente ella era la única persona en un radio de treinta kilómetros a la redonda que no sabía lo que acababa de suceder, pensó mientras se esforzaba por refrenar su imaginación. Fracasó miserablemente. Para cuando redujo la velocidad para colocarse una horquilla del pelo particularmente molesta, a un par de kilómetros ya del pueblo, estaba literalmente enferma de preocupación.

–Por favor, que todo esté bien, que no sea nada grave...

Faltaban menos de doscientos metros para el desvío que llevaba a Maple House. La gente que no conocía la zona solía saltárselo. No era de sorprender: antaño había tenido una entrada impresionante pero, al igual que el edificio, había conocido mejores días...

Pálida, continuó conduciendo a lo largo del sendero flanqueado de árboles. La vista del monovolumen por el que su hermano y su mujer habían cambiado su deportivo hacía ya dos años, después del nacimiento de sus hijos gemelos, no contribuyó a tranquilizarla. Definitivamente, aquello no era una buena señal. Se alegraba de que su hermano estuviera allí, pero sabía que con el inminente parto de Meg y los problemas de presión sanguínea que estaba teniendo durante su embarazo, jamás la habría dejado sola con los gemelos para viajar desde Escocia si no hubiera tenido un motivo bien justificado.

Habitualmente, la vista de los viejos sillares de la fachada de su hogar le transmitía una sensación de paz y bienestar. Fueran cuales fueran los problemas que tuviera, aquellos añejos muros simbolizaban la firmeza, la seguridad y un cierto sentido de continuidad. Pero todos aquellos sentimientos estaban ausentes para cuando bajó del vehículo.

Sintió como si un dedo helado le acariciara la espalda mientras subía los escalones de piedra que daban a la puerta principal. Con mano temblorosa, sacó la llave del bolso y abrió. El único sonido que se oía en el vestíbulo forrado de maderas nobles era el tictac del reloj de su abuelo.

–¡Mamá! ¡Papá! ¿Ed? –llamó al tiempo que cerraba la puerta con el pie. Fue en ese momento cuando se abrió la puerta del salón y apareció su cuñada, una morena menuda, en avanzado estado de buena esperanza... con su habitualmente risueño rostro oscurecido por un ceño de preocupación.

–¿Meg? –parpadeó Libby varias veces, asombrada. Un viaje de setecientos kilómetros en su estado y con dos gemelos de dos años no era precisamente lo que ella entendía por descanso, que era lo que el médico le había prescrito–. ¿Qué estás haciendo aquí?

–¡Libby, oh, Dios mío, me alegro tanto de verte! Es terrible, no sé qué hacer y Ed está tan... –se interrumpió, meneando la cabeza y mordiéndose el labio.

–¿Qué ha pasado, Meg? –sorprendentemente, su voz sonó tranquila y serena.

–¡Es horrible! –sollozó.

Libby suspiró profundamente y cuadró los hombros, preparándose para lo peor. El nudo de terror que le atenazaba el pecho se cerró con fuerza mientras pasaba de largo a su lado para dirigirse al salón. Entró cojeando, por culpa del tobillo que se había torcido.

Nadie dijo nada cuando entró. El escalofrío que experimentó nada tuvo que ver con la ausencia de fuego en la chimenea de mármol. Pese a ello, la primera reacción de Libby fue de alivio: ¡al menos todo el mundo estaba vivo!

–¡Gracias a Dios! –susurró.

El comentario le acarreó una mirada de incredulidad de su hermano mayor y otra de asombro de su padre. Extrañamente, su madre se entretenía cortando los tallos de unas cuantas rosas mientras preparaba un ramo para el escritorio: el contraste de aquel acto normal y rutinario añadía un toque surrealista a la escena. Libby ni siquiera estaba segura de que hubiera registrado su presencia.

–¿Me dirá alguien de una vez qué es lo que ha pasado?

Por un instante pareció como si nadie fuera a hacerlo, hasta que su padre se levantó lentamente. Mientras lo observaba, Libby pensó: «sí que está viejo papá». Y el pensamiento la dejó sobrecogida. Nunca había pensado eso de él, ni siquiera después del ataque cardiaco que había sufrido.

–Aldo Alejandro ha muerto.

Libby frunció el ceño. El nombre convocó en su mente la vaga imagen de un hombre grande levantándola de los pies y elevándola en el aire... capaz de confundir sus chillidos de terror con gritos de deleite.

–Es una triste noticia –triste, sí, pero que no explicaba la atmósfera de la habitación–. Lo siento, papá. ¿Estabais muy unidos? –imaginaba que no lo suficiente para explicar el color gris de su semblante.

–Era un buen amigo. Siempre lo fue –se le quebró la voz y Libby contempló horrorizada las lágrimas que empezaron a rodar por sus mejillas.

Su hermano abandonó su puesto de guardia al pie de la ventana para colocarse al lado de su padre.

–El nieto ha heredado, y ahora reclama el crédito.

Libby parpadeó varias veces, confusa.

–¿Qué crédito?

Philip Marchant se aclaró la garganta.

–Tuvimos algunos problemas de liquidez... y cuando el banco no me dejó contratar una segunda hipoteca por la casa... Aldo me ayudó con un crédito.

¿Una segunda hipoteca? Libby ni siquiera se había enterado de que había habido una primera. Se volvió hacia Ed.

–¿Lo sabías tú? –al ver que asentía con la cabeza, volvió a preguntar, tanto a su padre como a su hermano–. ¿Y entonces? ¿En qué situación nos deja eso?

A su espalda, Meg dijo de pronto:

–Voy a ver cómo están los chicos –y salió corriendo de la habitación.

–No debería haberle permitido que me acompañara –se lamentó Ed mientras la seguía fuera del salón.

Libby clavó entonces los ojos en el rostro de su padre.

–¿Qué significa todo esto, papá?

–Significa que vamos a perder la empresa y la casa. Me declararé en quiebra.

–¡La casa! –Libby sacudió la cabeza, mirando a su alrededor–. No, no puede ser... ¿Cómo es posible? Tienes que hablar con el nieto, explicarle que hay gente que depende de ti, que...

Kate Marchant dejó de arreglar las flores, que acababa de colocar en un gran florero sobre el escritorio, para volverse hacia su hija:

–¡Siéntate, Libby, y cállate de una vez!

Asombrada, obedeció sin rechistar aquella orden tan insólitamente brusca. Hundiéndose en una silla, se esforzó en vano por recordar la última vez que le había oído levantar la voz.

–Demasiado le está costando a tu padre explicarse para que encima tú tengas que interrumpirlo. ¿Crees que ahora mismo te estaría contando todo esto si no hubiera intentado antes cualquier posible solución?

–¿Pero qué pasará con la plantilla? –tragó saliva–. ¿Acaso no sabe ese hombre que todos perderán sus empleos? ¿Es que no le importa?

–Por supuesto que no le importa –replicó su madre con un tono de amargura–. ¡Ese hombre es un auténtico monstruo!

Philip Marchant se reunió entonces con su esposa y la estrechó en sus brazos.

—Ayer mantuve una reunión con él, Libby, y me temo que no existe la menor posibilidad de que cambie de idea.

—Pero entonces... ¿qué vamos a hacer? —inquirió mientras escuchaba aturdida los desgarradores sollozos de su madre.

—Nada —respondió Philip, cansado—. Ahora mismo, ya no está en nuestras manos.

Libby meneó la cabeza, frustrada por aquella actitud tan derrotista. No había nada imposible: tenían que luchar.

—Pero quizá si hablamos con el banco...

Se interrumpió cuando su hermano regresó corriendo a la habitación con una absoluta expresión de pánico en el rostro. Una expresión que Libby sabía que recordaría para siempre.

—Rápido, es Meg... ¡el bebé está a punto de nacer!

Capítulo 5

LAS negras cejas de Rafael Alejandro se juntaron en un sombrío ceño cuando las airadas voces del vestíbulo de su despacho lo hicieron interrumpirse por segunda ocasión.

—¡Esto es ridículo! —irritado, se levantó del sillón y caminó decidido hacia la puerta, deteniéndose para ofrecer unas breves palabras de disculpa al hombre mayor que tenía sentado al otro lado del escritorio.

Rafael no se oponía a que Gretchen programara sus sesiones de terapia en horas de oficina. Su problema era más bien con la mujer que la sustituía durante las dos horas que debía estar ausente. La semana anterior no le había pasado un importante recado... ¡y esa semana estaba tomando parte en lo que parecía, o al menos sonaba como tal, una pelea de gatos!

—No te preocupes —dijo Max Croft, encogiéndose de hombros—. Parece que alguien está bastante enfadado —añadió casi para sí mismo mientras Rafael abría la puerta.

Las voces femeninas subieron de volumen y el hombre mayor experimentó una punzada de compasión por la desconocida o desconocidas responsables del mal humor de Rafael Alejandro. No por casualidad la gente evitaba como la peste contrariarlo. El hecho de que nadie supiera cómo había amasado su inmensa fortuna, aunque circulaban varias teorías al respecto, solo servía para amplificar la aureola casi mítica que lo envolvía.

A punto de salir al vestíbulo, Rafael se detuvo y ladeó la cabeza en el instante en que identificó una de las furiosas voces. El rostro de belleza exquisita que se correspondía con aquella voz ronca acudió a su memoria, y la subsiguiente explosión de testosterona que empezó a circular por sus venas le dejó la mente en blanco. Tardó un par de segundos en recuperar el control de sus facultades mentales. Renunciando al esfuerzo de ejercer un dominio similar sobre su cuerpo, se volvió hacia el hombre mayor:

–Max, ¿te importaría que dejáramos los últimos detalles para la semana que viene? Ha surgido una emergencia.

–No hay problema.

Rafael atravesó el despacho y le abrió la puerta posterior. La de la salida de incendios.

–Estaremos en contacto.

Max pasó de largo frente a él y abandonó el despacho sin hacer el menor comentario, como si estuviera acostumbrado a utilizar todos los días la salida de incendios. Rafael cerró la puerta y asintió satisfecho. En su experiencia, más importante que saber cuándo hacer una pregunta era saber cuándo no hacerla.

La pregunta, pensaba Rafael mientras asistía callado a la escena que se estaba desarrollando en el vestíbulo de su despacho, era la siguiente: ¿qué había ido Libby Marchant a hacer allí?

Apostado en la puerta, procurando que no lo descubrieran, observó cómo la azorada sustituta de Gretchen contemplaba con evidente desagrado a la joven pelirroja que había decidido sentarse en el suelo, en medio de la habitación.

–Lo siento, señorita Marchant, pero ha venido

hasta aquí para nada, porque como ya le he explicado...

–No necesito ni sus disculpas ni sus explicaciones.

–¿Qué es lo que necesita entonces?

Al sonido de su voz, ambas mujeres se volvieron para mirarlo. Rafael no pudo menos que admirar aquellos ojos azul cobalto que lo miraban con un feroz desprecio... antes de que se pusieran a parpadear de puro asombro. Y de que sus labios se entreabrieran para emitir un gemido horrorizado.

Aquel gemido hizo que Rafael bajara la mirada a sus labios llenos y sensuales. Sintió que su cuerpo se excitaba en inevitable respuesta a las imágenes que empezaron a asaltar su mente. Imágenes de aquellos mismos labios deslizándose por su piel, por su cuerpo...

–¿Usted...? –Libby sacudió varias veces la cabeza, esforzándose por disipar la neblina que parecía aturdir su cerebro–. No entiendo...

Pero Rafael sabía que acabaría entendiéndolo, y cuando lo hiciera, saltarían chispas. Esperó resignado a que llegara ese momento.

–¿Qué es lo que necesita, querida? –repitió la pregunta.

Pero ella no respondió, y Rafael se sorprendió a sí mismo pensando en lo que necesitaba él. Necesitaba mucho. Todo. Se quedó inmóvil por un instante, literalmente paralizado por la ola de primario deseo que lo anegó, un deseo tan básico y primitivo, que en el lapso de varios segundos borró cualquier otro pensamiento de su cerebro.

Esforzándose por dominarse, se pasó una mano por el pelo e intentó racionalizar su propia reacción. Sabía que su vida no retornaría a la normalidad hasta que hiciera algo al respecto... en la forma de una corta aunque apasionada aventura con aquella mujer. Por supuesto, la conexión con los Marchant complicaría la situación, pero el problema no sería insuperable. Mientas tales pensamientos se agitaban en su mente, en algún lugar de su visión periférica Rafael fue consciente de que la sustituta, cuyo nombre no recordaba, había abandonado su puesto detrás de su escritorio para acercársele.

–Esta persona... –blandió un dedo acusador contra Libby–... yo le pedí que se marchara, pero ella...

–No, usted me dijo que él no estaba en el edificio –sintiéndose como si estuviera viviendo una pesadilla, Libby se concentró en el hombre que acababa de salir del despacho. Una vez más, sacudió la cabeza con expresión incrédula–. ¿Es usted Rafael Alejandro?

–Yo soy –asintió con la cabeza.

Libby se llevó entonces una mano a la boca al tiempo que cerraba los ojos, recordando la escena de la noche anterior en el hospital. La triste escena en la que había pasado horas viendo sufrir a la gente que más quería en el mundo, incapaz de hacer otra cosa por ellos que ir a buscar un café de máquina que al final nadie probaba y terminaba por enfriarse...

En aquellos momentos, evadirse por unos segundos y refugiarse en sus fantasías no le había parecido algo tan terrible. Porque el simple hecho de imaginar cierto rostro masculino, o de permitirse evocar el recuerdo del sabor de sus labios, le había posibilitado escapar brevemente a aquella pesadilla y mantenerse lo suficientemente fuerte como para ofrecer a su familia el consuelo que necesitaba.

Una violenta ola de asco y vergüenza la anegó por dentro. El hombre con quien había estado fantaseado era precisamente la razón por la que se encontraba allí en aquel instante. Era la razón por la que el bebé de

Meg y Red se encontraba en una incubadora, incapaz de respirar sin la ayuda de una máquina. Abrió los ojos. Lo odiaba.

Rafael observó las sucesivas expresiones que fueron desfilando por su rostro hasta acabar en una de furia y desdén.

–Ayer, cuando lo del accidente... ¿sabía usted quién era yo? –por supuesto que lo había sabido. Se tragó el sollozo de histeria que le subía por la garganta–. ¡Es usted un ser despreciable!

–Eso es un poco fuerte –enarcó una ceja con gesto sardónico.

–¿Un poco fuerte, dice? –repitió–. Usted arruinó a mi padre.

–Yo no arruiné a su padre –un tic de irritación tensó las comisuras de sus labios–. Su padre... –se interrumpió, sacudiendo la cabeza–. No importa, eso fue un asunto de negocios.

–¿Negocios? –se lo quedó mirando incrédula–. ¡Pues a mí me parece algo muy personal!

La sustituta se volvió entonces hacia Rafael:

–He avisado a seguridad, señor. Así se lo dije y ella se sentó en el suelo. Creo que está un poco... –mirándola recelosa, se llevó un dedo a la sien en un elocuente gesto– no está muy bien.

Los ojos de Rafael no abandonaron el rostro de Libby mientras ordenaba, rotundo:

–Anula el aviso. Diles que no vengan.

–Pero señor... –la mujer se lo había quedado mirando boquiabierta.

Rafael se volvió para mirarla y arqueó una ceja. La sustituta comenzó a asentir con la cabeza, pálida. Para entonces él ya se acercaba a donde estaba sentada Libby.

–Esta sentada es completamente innecesaria –le informó, tendiéndole la mano.

Libby miró su mano, resopló desdeñosa y se levantó sin su ayuda, cojeando visiblemente. Con las manos en las caderas, echó la cabeza hacia atrás para mirarlo desafiante. El silencio se prolongó mientras clavaba la mirada en las tiritas que le cubrían la herida de la frente: su color blanco destacaba nítidamente contra su tez olivácea.

—La herida me sigue doliendo, si eso le sirve de consuelo.

—De algo sí que me sirve —admitió, pensativa. Aunque dudaba que aquel hombre conociera el verdadero significado del dolor. Dolor era lo que había visto en los ojos de su hermano mientras velaba al pie de la cuna de su bebé—. ¿Sabe de dónde vengo ahora mismo?

—¿Por qué no me lo dice usted, ya que tantas ganas tiene?

—Del hospital —al menos eso sirvió para borrar de su cara aquel gesto engreído—. Por su culpa, mi cuñada ha tenido un parto prematuro. ¡Si algo le sucede a ella o al bebé, la responsabilidad será suya! Y si eso ocurre... —le prometió, mirándolo con desprecio— le juro que se arrepentirá de haber nacido.

Rafael tomó nota mental de la información pero no reaccionó a la amenaza; en lugar de ello, se dedicó a observarla. El atuendo manchado de barro del día anterior había sido sustituido por unos tejanos ajustados y un suéter de cachemira, de un azul algo más claro que el de sus increíbles ojos. Sin maquillaje, parecía como si acabara de salir de la ducha, con su salvaje melena cobriza, todavía húmeda, envolviendo su rostro de tez cremosa.

Pero también parecía agotada, casi a punto de desmayarse. Nada contento con la emoción que le atenazó el pecho, le preguntó:

–¿Se puede saber en qué estaba pensando su familia para dejarla venir aquí en ese estado?

–Mi familia... mi familia está destrozada –lo que Libby interpretó como una falsa muestra de preocupación no hizo sino irritarla aún más–. ¡Mi padre es un hombre roto, destrozado! ¡Imagine cómo se siente ahora mismo! ¿Sabía que el año pasado sufrió un ataque al corazón? ¿Que tiene un triple bypass? –le preguntó con voz temblorosa, evocando el día en que entró en el despacho de su padre y se lo encontró tendido en el suelo, agarrándose el pecho con las manos.

Nunca olvidaría la sensación de absoluto terror e impotencia que sintió mientas le tomaba la mano fría, a la espera de que llegara la ambulancia. Los minutos le habían parecido horas. Soñaba regularmente con aquella escena en sus peores pesadillas.

–No, no lo sabía.

–Aunque tampoco habría supuesto ninguna diferencia, ¿verdad? –lo acusó, desdeñosa–. A usted no le importa a quién pueda hacer daño –el agotamiento le hacía arrastrar las palabras–: Mi hermano aún sigue en el hospital.

–¿Se adelantó mucho el parto?

–¡No pienso hablar de mi familia con usted!

–Yo creía que era precisamente eso lo que estaba haciendo –observó antes de volverse hacia la secretaria sustituta, que seguía asistiendo atónita a la conversación–. Cuando regrese Gretchen, dile que cancele todas mis citas de esta tarde –y luego, dirigiéndose de nuevo a Libby–: Vamos, entre. Necesita sentarse –le señaló la puerta del despacho.

Pero Libby negó con la cabeza, terca.

–Ya estaba sentada. Usted me ha hecho levantarme.

–Se lo diré de otra manera: o entra por su propio pie o me la cargo a hombros.

Se lo quedó mirando horrorizada.

–No se atrevería.

–Respuesta equivocada –y la levantó en brazos, como si fuera una pluma.

Libby respondió con patadas alternadas con gritos de indignación. Rafael no tardó en bajarla al suelo, ya dentro del despacho.

–Le diría que se sentara si no me expusiera a otro acto de resistencia pasiva por su parte. ¿Sabe una cosa? Creo que debería haber llamado a la prensa si lo que quería era explotar a fondo la situación.

Libby se quedó donde estaba, jadeando.

–¿Cómo se atreve a avasallarme así? ¿Y cómo sabe que no he llamado a la prensa?

–¿Lo ha hecho?

–He avisado a la cadena de televisión local –mintió al tiempo que miraba su reloj con gesto ostentoso–. Yo diría que llegarán... en este mismo momento –alzó la cabeza y sonrió–. Les encantará ver a una mujer llorosa atropellada por sus modales violentos.

–Que no se le ocurra nunca jugar al póquer: perdería –Rafael contempló el rostro que se alzaba hacia él, desafiante. Sus ojos azul cobalto estaban secos–. No está llorando, por cierto.

–Pero lloraré, se lo aseguro –le prometió, sombría. Acto seguido, por si no le había creído, procedió a realizar su truco. Dejó que los ojos se le llenaran de lágrimas y parpadeó para dejar que se le escapara una, antes de enjugársela con el dorso de la mano. Y de lanzar una nueva y desafiante mirada al hombre que había traído la ruina a su familia.

¿Cuántas otras familias habría destrozado de la misma manera? Estaba claro que no le importaba. Se sentó en la silla que él le había acercado, mordiéndose la lengua para no darle las gracias. Las buenas mane-

ras eran tan difíciles de romper como los malos hábi-
tos, y a veces incluso más molestas e inoportunas.
Aunque no tanto como la deplorable reacción de su
propio cuerpo ante aquel hombre.

Rafael alzó las cejas en una expresión de burlona
admiración:

—Impresionante truco el de las lágrimas, aunque
tiene el defecto de que solamente puede hacerlo una
vez.

De repente Libby dejó caer los hombros en un gesto de abatimiento. ¿A qué había ido allí? ¿Qué había
esperado realmente conseguir?, se preguntó, aturdida.

—Esto es absurdo. No debería haber venido. Se es-
tarán preguntando... —se interrumpió de nuevo. Ni siquiera había dejado dicho a dónde pensaba ir.

—Antes me pareció ver que cojeaba.

—No es nada —se miró indiferente el pie, que le dolía.

—Déjeme que eso lo juzgue yo.

—Me torcí el tobillo, eso es todo —le parecía que
había transcurrido una eternidad desde entonces.

—Permítame examinarlo.

Vio la oscura cabeza del hombre arrodillado a sus
pies y volvió a preguntarse cómo había podido suceder... Cerró los ojos, pero la habitación seguía dando
vueltas a su alrededor.

—Su pie.

Libby estiró el pie inflamado. Fue incapaz de reprimir un gesto de dolor cuando él le quitó el zapato.

—Debe de dolerle bastante.

Ignorando sus protestas, se concentró en moverle
lenta y suavemente el tobillo de un lado a otro, para
evaluar la lesión. Su contacto era frío, casi profesio-
nal, pero sorprendentemente tierno y delicado. Tardó
unos minutos en aventurar una opinión.

–No creo que tenga nada roto.

–Eso ya podía habérselo dicho yo.

–Pero creo que estaría mucho más cómoda con algo que le sujetara el tobillo –clavó la mirada en su rostro, extremadamente pálido–. Espere aquí.

Rafael descubrió aliviado que Gretchen se había reincorporado a su puesto. La rubia arqueó una ceja con gesto interrogante. ¿Quién sabía qué clase de retorcida historia le habría contado la otra mujer? Pero no podía perder el tiempo haciendo preguntas, así que le dijo exactamente todo lo que necesitaba.

De regreso en el despacho, encontró a Libby allí donde la había dejado solo que todavía más pálida. Sus expresivos ojos lo miraron, pero casi como si no pudiera verlo. Maldijo entre dientes. El odio y la adrenalina la habían hecho reaccionar, pero se había quedado sin fuerzas.

–Ahí estará más cómoda, creo yo –sugirió, señalándole uno de los dos sofás que había al fondo del despacho.

La estaba ayudando a tumbarse cuando Gretchen entró con todo lo que le había pedido.

–Creo que sería una buena idea que trajeras también un té.... bien dulce.

–Ahora mismo lo preparo. ¿Un par de aspirinas también? –inquirió Gretchen, y miró a Libby–: Hola de nuevo.

Libby tuvo que esforzarse por enfocar bien el rostro de la mujer. Se preguntó por qué aquella rubia le resultaba tan familiar...

–Voy a ponerte hielo –le informó Rafael–. Eso te aliviará la inflamación.

Libby esbozó una mueca al sentir el contacto del hielo. Después de ponerle una gasa, Rafael eligió una venda apropiada del botiquín que había llevado Gretchen. La secretaria regresó un momento después portando una bandeja.

—El té ya está... Vaya, veo que llega demasiado tarde —miró a la joven, que se había quedado dormida—. Tiene un aspecto lamentable. ¿Sabes lo que le ha pasado?

Rafael contempló su pálido rostro dormido, negándose a identificar como ternura la emoción que lo asolaba por dentro.

—Tengo alguna idea al respecto.

—¿Te sugiere algo esto? —sacó un papel de un bolsillo.

Era un billete de avión. Un vuelo transatlántico. Rafael examinó la fecha y la hora.

—De modo que aterrizó procedente de Nueva York a las... —soltó una maldición. Un rápido cálculo mental sugería que la vengativa pelirroja llevaba despierta y en pie un montón de horas.

Negándose a reconocer el sentimiento que continuaba arrasando su pecho, se volvió bruscamente. Se había prometido que jamás se colocaría en situación alguna que lo obligara a responsabilizarse de nadie. Y, hasta el momento, había evitado con éxito todo tipo de vínculos emocionales.

Aquella mujer necesitaba alguien que la cuidara. Pero ese alguien no podía ser él.

Capítulo 6

LIBBY se despertó de un profundo sueño, desperezándose como una gata mientras se preguntaba dónde estaba y cómo era que había llegado hasta allí.

Rafael identificó el instante exacto en que hizo memoria.

—¡Oh, Dios mío! —susurró ella, sentándose de golpe.

—Hola.

—¿Qué es lo que me ha hecho?

—¿Aparte de drogarla y abusar de usted, quiere decir? —Rafael, sentado en su sillón giratorio, cerró su portátil y se levantó.

Libby sintió que se le encendían las mejillas: decir que se encontraba en desventaja habría sido un eufemismo. Vio que se ponía la chaqueta que había dejado en el sillón y se acercaba a ella exudando un aura de energía. ¿Habría estado allí sentado todo el tiempo, viéndola dormir? La simple posibilidad la hacía sentirse vulnerable. Se llevó una mano a la boca, incapaz de reprimir un soñoliento bostezo.

—¿Qué ha pasado?

—Nada del otro mundo. Se quedó usted dormida.

—¿Pero por qué? Yo…

—Buena pregunta —arqueó una ceja—. Reflexionemos juntos sobre ello, ¿de acuerdo? ¿Podría quizá tener que ver con el jet lag o la falta de sueño o de comida? —al ver que se ruborizaba, añadió—: A lo que habría de añadir una prolongada dosis de conflicto emocional.

—¡Oh!

—Está recuperando la memoria, ¿verdad?

Libby asintió con la cabeza y le lanzó una mirada asesina.

—Siento mucho haberle causado tantas molestias... —bajó los pies al suelo, pero se detuvo cuando vio el vendaje que llevaba en el tobillo.

—Antes de que me lo pregunte, se lo puse yo. Creo que hice un buen trabajo, aunque yo que usted haría que se lo revisara un médico.

—¡Usted es...!

—Ha sido mi buena obra del día —sonrió.

Libby tuvo que recordarse que bajo aquella sonrisa seguía siendo el mismo depredador implacable.

—¿Se supone que tengo que darle las gracias? —le preguntó ella, adoptando un aire de estudiado desinterés.

—Preferiría que me explicara claramente y sin prisas lo que pretendía al venir aquí.

—Ya se lo dije, pero me temo que fue como si hubiera estado hablando con una pared. De todas formas, aunque usted no quiera escucharme, estoy segura de que son muchos los que lo harán.

A la gente le gustaban los escándalos de la gente rica y famosa. El problema era que no tenía intención de someter a su propia familia al escrutinio y la mirada públicas, una información que por cierto no veía razón alguna para compartir con él.

Rafael le lanzó una mirada helada.

—Voy a darle un consejo.

Libby se levantó toda entumecida. Apoyando las manos en las caderas, lo miró desafiante.

–¿Sabe dónde puede meterse sus consejos? –no pudo menos que sorprenderse de su propia grosería. Apenas se reconocía a sí misma.

–Tengo una ligera idea –el brillo de diversión asomó nuevamente a sus ojos, para desaparecer casi de inmediato–. Iba a decirle que si piensa difamar a alguien, asegúrese de que no haya testigos. Eso la haría extremadamente vulnerable a cualquier acción legal.

–¿Pretende intimidarme? –sacudió la cabeza, riendo–. Solo sería «vulnerable», como usted dice, si mi pretensión no fuera cierta... ¡que lo es! –lo acusó con un dedo–. Estoy segura de que a los medios les encantará la historia –añadió mientras se pasaba una mano por sus ojos cansados.

Por un fugaz segundo, sus miradas se encontraron. Y de repente el aire que los separaba pareció reverberar de tensión. El corazón de Libby se aceleró. Justo antes de que Rafael se volviera bruscamente, distinguió un destello de sorpresa en sus ojos... y supo que él también lo había sentido.

Vio que se sentaba sin prisas en el otro sillón giratorio que había junto a su mesa. La involuntaria mirada de admiración que le lanzó la llenó de vergüenza. Podía soportar sus amenazas, pero su cruda, galopante sexualidad era otra cosa.

Apretó los dientes. Odiaba que todo aquello estuviera sucediendo, y odiaba a Rafael Alejandro. Procuró analizar la situación con un mínimo de objetividad. No se trataba tanto del hombre mismo como de su intenso magnetismo físico. ¿Quién habría imaginado que algún día podría llegar a sentir aquello? ¿Que podría mirar a un hombre al que aborrecía e imaginarse al mismo tiempo sus manos recorriendo su piel, sus labios en los suyos...?

Bajó la mirada cuando él se desabrochó el botón

de su impecable chaqueta gris. Debajo llevaba una camisa blanca con finas rayas plateadas. Su estrecha corbata de seda tenía el mismo tono plata apagado. Aquel hombre podía ser un auténtico reptil, pero indudablemente tenía estilo, pensó Libby mientras lo veía alzar un mano para pasársela por su liso cabello negro con preocupada expresión. Preocupada... ¿por qué? ¿Acaso estaba pensando en la próxima víctima a la que pensaba pisotear?

El silencio parecía adensarse mientras Rafael Alejandro, ajeno a la tensión reinante, se repantigaba en el sillón, estiraba sus largas piernas y juntaba las puntas de los dedos bajo la barbilla. Su reacción inicial a las amenazas de aquella mujer había sido de indignación. Pero mientras ella había continuado lanzándole acaloradas acusaciones, la indignación había dado paso al anhelo igualmente intenso de borrar aquella desdeñosa expresión de su rostro... para sustituirla por otra de deseo.

No dudaba de su propia capacidad para provocar aquel cambio, pero... ¿por qué habría de hacerlo? Ella pertenecía exactamente a la clase de mujeres que solía evitar. Eran muchas las mujeres que se mostraban halagadoramente agradecidas por cualquier atención que se dignara concederles, mujeres que estaban siempre demasiado dispuestas a decirle lo encantador que era. En aquel preciso instante, Rafael experimentó la avasalladora necesidad de escuchar eso mismo de los labios de aquella fogosa pelirroja. Era algo casi tan poderoso como el deseo de sentir su cuerpo bajo el suyo, de escuchar sus delicados gemidos mientras le entreabría los labios para explorar el dulce interior de su boca.

Libby podía sentir el impacto de su mirada recorriendo con insoportable lentitud todo su cuerpo, como un hierro candente. Necesitó de toda su fuerza de voluntad para quedarse donde estaba y soportar aquel insolente escrutinio, hasta que finalmente le espetó:

—¿Por qué me mira así? ¿Pretende ponerme una nota del uno al diez? —en el instante en que el malhumorado comentario abandonó sus labios, tomó conciencia de que se había arriesgado a recibir un buen desaire.

—Tengo que admitir que estoy impresionado. Y yo no soy un hombre que se impresione fácilmente.

—¡Qué felicidad me da escucharlo! Ya puedo morirme contenta.

—Me gusta especialmente la manera que tienes de ignorar las cosas que puedan molestarte... como los hechos puros y duros —la tuteó por primera vez. Ante su furiosa mirada, se apresuró a añadir—: Ya lo sé, querida. Para ti soy el engendro del diablo —esbozó una sonrisa muy propia del diabólico papel que se había otorgado—. Y responsable de todo tipo de males. Desde el calentamiento global hasta el déficit nacional.

—Responsable —lo corrigió ella con tono sombrío— de la destrucción de mi familia.

—Pues tú no pareces muy destrozada que digamos —bajó la mirada hasta sus labios—. Aunque sí un tanto temblorosa —frunció el ceño mientras reparaba nuevamente en su intensa palidez y en sus ojeras.

La vulnerabilidad de aquella mujer resultaba evidente en su insolente actitud. El odio y el orgullo eran lo único que la mantenía en pie, pensó Rafael mientras luchaba contra un intenso y absolutamente inusual impulso por estrecharla en sus brazos. A lo largo de su vida había aprendido, si bien no lo suficientemente rápido para librarse de unos cuantos golpes y salir indemne, a reprimir todo instinto de compasión. Dejarse conmover por una historia lacrimógena y una cara triste, por muy bonita que fuera, nunca había sido un buen recurso de supervivencia para un adolescente obligado a arreglárselas por sus propios medios.

Finalmente, en lugar de abrazarla, sacó una silla. Era mucho más seguro, y además ya no era un chico con sus ideales caballerescos intactos.

Pese a que le temblaban las rodillas, Libby ignoró su tácita invitación.

—¿Te apetece beber algo? ¿Un té? ¿Un café?

Libby se tragó el nudo de emoción que le subía por la garganta. Apretando la mandíbula, se prometió en silencio que no le daría la satisfacción de verla llorar.

—No he venido aquí a tomar un té.

—¿A qué has venido entonces?

Parpadeó varias veces y pensó: «buena pregunta».

—Ya hemos hablado de eso, y lo dramático de la situación es que sigues sin tener la menor idea —sacudió lentamente la cabeza con expresión incrédula—. ¿Te has preocupado alguna vez de alguien que no fueras tú mismo? Ni siquiera has tenido el coraje de admitir que estás equivocado —lo acusó, asqueada—. Eres un completo, redomado... —se interrumpió de pronto. ¿Qué sentido tenía decirle todo aquello?

—Completo y redomado... ¿qué? —arqueó las cejas.

—Olvídalo.

—Es un poco tarde para que te preocupe herir mis sentimientos. Dime lo que piensas, no te reprimas, querida.

Sus palabras burlonas le provocaron una nueva descarga de adrenalina.

—¡No me preocupan tus sentimientos! —para Libby era una novedad suponer que podía tenerlos—. ¡Está bien! ¡Si quieres saberlo, te lo diré! Creo que serías capaz de cualquier cosa, incluido vender a tu propia madre, para sacar un beneficio. No te importa a quién puedas hacer daño con tal de conseguir lo que quieres, desconoces completamente el significado de la palabra «escrúpulo» y... –de repente la asaltó una tremenda sensación de cansancio, mayor aún que antes– ¡y deja de llamarme «querida»! –terminó, agotada.

Rafael enarcó una ceja y se levantó rápidamente del sillón. Libby retrocedió un paso, asustada.

Él bajó la mirada a la base de su cuello, donde latía su pulso a toda velocidad, y se imaginó lamiéndole precisamente aquel lugar, paladeando el sabor salado de su piel... Parpadeó para ahuyentar aquella turbadora imagen, incapaz de recordar la última vez que se había sentido tan violentamente consumido por el deseo.

Y sin embargo, aquello no era ningún misterio: solo sexo. Y el sexo nunca había significado ningún problema para él. Eran las relaciones lo que siempre había temido Rafael: al principio porque requerían el tiempo y la energía que tanto había necesitado para alcanzar el éxito, y después, una vez situado, porque se había convencido de lo que más le convenía era una vida sin compromisos ni dramas emocionales.

Buena parte de su vida la había pasado viajando. Rara vez se había quedado en un mismo lugar durante más unos pocos meses, nunca lo suficiente como para echar raíces o hacer amistades, y la vida doméstica le atraía bien poco. Siempre había sido llano y directo con las mujeres, nunca había fingido desear otra cosa que no fuera una relación puramente física. Con el tiempo se había convertido en un experto en interpretar los síntomas, el momento en que una mujer empezaba a sentirse la única, la elegida. Era por todo eso por lo que la reacción de aquella mujer lo divertía tanto.

–Tranquila, querida, que no muerdo –sonrió–. A no ser que me lo pidan.

Libby experimentó un escalofrío, pese a que la última frase había subido varios grados su temperatura corporal. Quería obedecer a la voz interior que le gritaba: «¡corre!», pero el orgullo no se lo permitía. De hecho, avanzó un paso para recuperar el terreno perdido por su retirada literal y figurada, decidida a demostrarle que no estaba dispuesta a dejarse intimidar.

Un brillo de diversión asomó a los ojos de Rafe mientras murmuraba con una sonrisa:

—Así me gusta. Buena chica.

Tal vez fuera una niña rica y mimada, pero si Marchant hubiera tenido tantos arrestos como su hija, jamás habría ocurrido lo que había ocurrido.

—¡Muchas gracias! Después de contar con tu aprobación, me siento realizada —replicó, sarcástica.

Capítulo 7

CREO que has ido demasiado lejos. Y yo que tú no me dedicaría a ir por ahí culpando a la gente. Porque entonces terminaría saliendo a colación la manera tan alegre que tiene tu padre de saltarse las reglas más básicas de los negocios.

–¡Mi padre vale mucho más de lo que tú valdrás nunca!

–Es posible –concedió, imperturbable ante su acusación.

–Y no es culpa de papá. Un montón de empresas están sufriendo con la crisis actual, él solo necesitaba tiempo...

–¿Para hacer qué? ¿Para seguir yendo a jugar al golf?

–Mi padre se culpa a sí mismo de lo sucedido. Se siente responsable de la gente que perderá su empleo.

–Y lleva razón al culparse –le espetó Rafael, que había estudiado bien la contabilidad de la empresa.

–Si mi padre era para ti un perdedor... ¿por qué tu abuelo sí que tuvo fe en él?

–Seguro que tenía sus razones.

El desprecio que se dibujaba en sus rasgos hizo enrojecer de rabia a Libby.

–Que seguro que tú jamás entenderías. Tu abuelo era un hombre decente. Lástima que tú no hayas heredado su integridad.

Durante el tenso silencio que siguió a su exabrupto, Libby vio que un músculo le latía en la mandíbula. Con expresión imperturbable, Rafael se volvió para acercarse al gran escritorio que dominaba la habitación. Sin pronunciar una palabra, se sacó una llave de un bolsillo y la introdujo en uno de los cajones.

Curiosa, Libby vio que se detenía a echar un vistazo al primero de los papeles que había extraído del cajón. Y se sobresaltó ligeramente cuando él giró sobre sus talones y atravesó de nuevo el despacho hacia ella, con el fajo de documentos en la mano.

—Esta es la integridad de tu padre —le espetó mientras dejaba caer los papeles sobre su regazo—. Lee eso —la urgió—. Seguro que te parecerá muy ilustrativo.

Libby se quedó mirando los documentos.

—No entiendo. ¿Qué es?

—Un contrato entre mi abuelo y una compañía constructora.

—¿Qué tiene eso que ver conmigo?

Rafael se inclinó sobre ella y, buscando la segunda página, le señaló el dedo la frase más relevante de todo el texto.

—¿Te resulta eso familiar?

Apartándose los rizos de la cara con una mano, bajó de nuevo la mirada al pasaje que él le había señalado. Uno de las frases llamó inmediatamente su atención.

—¿Cómo... cómo es posible? La casa... ¿Qué.... —inquirió con voz temblorosa—... es esto?

—Es un acuerdo de contrato entre mi abuelo y una constructora —repitió—, sellado y a la espera de las correspondientes firmas. Desgraciadamente para él, Aldo murió antes de que pudiera reclamar a tu padre el crédito que le había concedido… algo que siempre tuvo intención de hacer.

Pálida como el papel, Libby negó enérgicamente con la cabeza:

—¡No!

Un músculo volvió a latir en la mandíbula de Rafael y se le dilataron las aletas de la nariz. Su negativa a dudar de la integridad de su padre, así como su disposición a asignarle a él las intenciones más perversas lo llenaban de indignada frustración. Vio que le temblaban los dedos mientras volvía la página y leía la abultada cantidad del crédito.

—Pero si la propiedad nuestra no vale tanto... ni de lejos —protestó ella mientras luchaba contra un ataque de náusea.

—Teniendo en cuenta que la tramitación para construir un complejo comercial en las afueras de la ciudad no es más que una pura formalidad, valía esa cantidad... y más.

Libby, toda lívida y temblorosa, se esforzó por asimilar toda aquella información. La casa que tanto adoraba... ¿estaba destinada a convertirse en un centro comercial?

—¿Quieren demoler nuestra casa? —si eso era cierto, ¿pretendería Rafael seguir adelante con aquel diabólico plan?—. Pero esto no puede ser verdad. Tu abuelo ayudó a mi padre... era su amigo.

—Mi abuelo jamás en toda su vida antepuso la amistad al beneficio económico. Cuando le ofreció el crédito a tu padre, sabía perfectamente que sería incapaz de devolvérselo, y tu padre se negó a analizar en profundidad sus motivaciones porque lo único que quería era una salida fácil del apuro, algo que no requiriera ni sacrificios ni esfuerzos por su parte. Es un hombre perezoso y negligente que heredó un próspero negocio para luego dejarlo caer. Nunca tuvo entusiasmo alguno por su trabajo.

–Mi padre siempre antepuso su familia a su trabajo –al contrario que tantos padres de sus amigas, siempre había tenido tiempo para ella. Jamás se había quedado a trabajar hasta tarde.

–Tu padre lo anteponía todo a su trabajo. Cualquier cosa era mejor que trabajar.

Libby, sacudiendo la cabeza, bajó la vista. Un cierto brillo de lástima asomó a los ojos de Rafael mientras la observaba.

–Y tú sabes que lo que te estoy diciendo es la verdad.

–¡Pero al menos no es un granuja! –entrecerró los ojos–. Ni un insensible canalla como tú.

–Bueno, la verdad es que mi abuelo no hizo nada ilegal –replicó Rafael, consciente de que la acusación había sido dirigida contra él, no contra su abuelo... y no la había negado.

–¿Y crees que basta con eso? Qué orgulloso se habría sentido tu abuelo de ti. De tal palo, tal astilla –se burló.

Nada la preparó para su reacción. Se encogió literalmente ante la rabia que vio arder en sus ojos. Y más inquietante todavía resultó el gruñido bajo, casi animal, que brotó de su garganta: consiguió erizarle el vello de la nuca.

–Yo nunca signifiqué nada para él, y él tampoco para mí... –chasqueó expresivamente los dedos–. Menos que nada.

Consciente de que había tocado una fibra sensible, Libby comprendió que lo más sensato era retirarse. Y sin embargo, se oyó a sí misma replicar con tono agresivo:

–Pues a mí me parece que no has tenido ningún empacho en heredar sus tácticas.

–Yo no he heredado nada de mi abuelo.

Libby, que parecía incapaz de callarse, hizo un gesto con el brazo abarcando la habitación:

–Ya, nada excepto todo esto –clavó de nuevo en él su desdeñosa mirada–. ¡Eres un hipócrita! –lo acusó–. ¡Un patético hipócrita!

Una expresión de absoluto asombro se dibujó entonces en los rasgos de Rafael. Tan exagerada que, en otras circunstancias, habría resultado hasta cómica.

–¡Dios mío...! –dijo en español.

–¿Qué pasa? –se burló–. ¿Puedes insultar, pero no aguantas que te insulten a ti?

–Ponme a prueba –entrecerró los ojos, y acompañó las palabras con un gesto, como animándola a que se acercara.

Libby, entrecerrando también los ojos, así lo hizo.

–¿Cómo te atreves a criticar a mi padre, mirándolo por encima del hombro porque heredó el dinero que tiene, cuando comparado con la vida de niño mimado que tú has debido de llevar...

–No soy fui ningún niño mimado.

–¡Ja! –soltó una carcajada–. Me extraña.

–Pues da la casualidad de que es cierto. Mi abuelo no se dignó reconocer mi existencia hasta hace dos años.

–¿Por qué? –se había quedado asombrada–. ¿Qué es lo que hiciste para que...?

–Nacer, supongo –enarcó una ceja con expresión sardónica–. Pero eso, a ojos de mi abuelo, parece ser que fue algo imperdonable.

Libby se esforzó por desterrar la persistente imagen mental de un niño solo y rechazado... Compasión era el último sentimiento que deseaba experimentar por aquel hombre. Aparte del ciego, indiscriminado deseo.

–Así que fuiste...

Al ver que se interrumpía, ruborizándose incómoda, Rafael terminó la frase por ella:

–Un bastardo, efectivamente. Fui el resultado de una aventura que tuvo mi madre con un hombre casado a la edad de diecisiete años –Rafael nunca había sentido el menor deseo de buscar al hombre que se había negado a reconocerlo. Ni siquiera había sabido su nombre hasta que un día, rebuscando entre los escasos efectos personales de su madre, encontró su partida de nacimiento–. Y mi abuelo la echó de casa, se desentendió completamente de ella. Cuando hace un par de años se puso en contacto conmigo, ni siquiera sabía que ella había muerto. Hasta ese punto le interesaba tanto su persona.

Aquella información la dejó horrorizada, tanto más por el tono despreocupado con que se la soltó.

–Solo tenía diecisiete años, era su propia hija... ¿cómo pudo hacerle algo así? –su asombro era genuino.

Rafael sacudió la cabeza, aparentemente divertido.

–Tienes una idea muy romántica de lo que es una familia.

–Soy consciente de la suerte que he tenido con la mía.

La ternura de su voz se reflejó en la mirada de sus ojos. Y Rafael identificó estupefacto el genuino sentimiento que latía en el fondo de sus pupilas.

–Parece que fiarse de la suerte es una debilidad característica de tu familia.

Asintió satisfecho al comprobar el efecto de su comentario, que no fue otro que el de apagar la compasión que antes había vislumbrado en su mirada. Porque la compasión de cualquier tipo, y menos aún la de aquella mujer, era algo que no podía soportar.

–Yo creo en la importancia de las raíces y la lealtad familiar, aunque por supuesto no espero que tú puedas comprenderlo –lo acusó, desdeñosa.

–¿Acaso el hecho de ser un bastardo me incapacita para apreciar todas esas cosas?

–No pongas en mi boca palabras que no son mías. Por cierto, si alguna vez te llamo «bastardo»... ¡no será en referencia a las circunstancias de tu nacimiento!

Su furiosa respuesta atrajo su mirada hasta sus labios. Esa vez, Libby optó por rehuir el brillo depredador de aquellos increíbles ojos: el corazón le latía tan fuerte, que seguramente él podía oírlo. Resultaba humillante verse obligada a reconocer que se sentía sexualmente atraída por un hombre al que tanto odiaba y despreciaba.

–Me han llamado cosas peores, aunque no recientemente.

Libby se quedó entonces perpleja ante la expresión de auténtica diversión que de pronto se dibujó en sus rasgos. ¿Por qué tenía que reaccionar siempre de la manera opuesta a la que esperaba?

–Ah, y en relación a lo de antes, tengo que decirte que he heredado bien poco que no fuera ya mío. Cuando murió mi abuelo, yo ya me había hecho con la mayoría de las acciones de su empresa y por tanto con su control –esbozó una cínica sonrisa–. Su muerte simplemente me ahorró molestias.

Libby se estremeció, horrorizada.

–Deliberadamente llevaste a la ruina a tu propio abuelo.

–Difícilmente se habría quedado sin un céntimo.

–¿Entonces solamente querías humillarlo?

En absoluto descompuesto por su sugerencia, Rafael se pasó una mano por el cuadrado perfil de su mandíbula perfectamente afeitada.

–Digamos que la ganancia económica no fue mi única motivación.

Libby pensó, con el corazón encogido, que de un hombre que demostraba semejante comportamiento con su propia familia nunca podría esperar que tuviera piedad por la suya.

–¿Llegó a pedirte perdón?

–Eso habría sido muy difícil, teniendo en cuenta que jamás llegó a verme –en aquel momento, el propio Rafael se preguntó por qué le estaba contando todo aquello.

–¿No llegaste a conocerlo?

–No.

–Pero tú mismo dijiste que intentó entrar en contacto contigo hace un par de años...

–Lo hizo, pero no porque tuviera deseo alguno de corregirse o compensarme por su actitud. Me sugirió una operación de negocios, una fusión financiera –la propuesta había sido ridícula, apenas merecedora de una respuesta. Pero Rafael había respondido, si bien a través de un intermediario.

–No entiendo cómo alguien pudo hacer algo así...

–¿Acostarse con un hombre casado, quieres decir?

–No –le espetó ella, molesta por la interpretación que había hecho de sus palabras–. Repudiar a su propia hija. ¿Tu padre y ella fueron al menos...? –se interrumpió, avergonzada.

–¿Quieres saber si su historia tuvo un final feliz? –meneó la cabeza–. Fuera de las novelas y los cuentos, los finales felices no existen –observó, cínico–. No hubo nada de eso. El tipo no quiso saber de...

–Tu padre, quieres decir.

–Se necesita algo más que fecundar a alguien para convertirse en padre –replicó él–. Mi madre abandonó Europa para marcharse a Sudamérica con un amante.

−¿Tu padrastro?

−Ya sé que mi familia es un tema apasionante, pero no era de esto de lo que teníamos que hablar −el recordatorio servía tanto para ella como para él mismo.

−Rafael −se interrumpió. Era la primera vez que lo llamaba por su nombre. Y le producía una sensación extraña−. Por favor, dale tiempo a mi padre para que...

−Yo nunca antepongo los sentimientos a los negocios.

El duro tono de su voz hizo que Libby apretara los dientes en un esfuerzo por disimular su desesperación.

−No te pido caridad. Te pido... no, te exijo que nos concedas tiempo.

Un brillo de involuntaria admiración asomó a sus ojos.

−La mayoría de la gente me lo habría suplicado, pero tú me lo exiges. ¿Es así como funcionan las cosas contigo? −sin darle oportunidad a que respondiera, añadió−: ¿Tiempo para qué?

−Para que arreglemos las cosas.

−¿Arreglemos? ¿Quiénes? ¿Tú y yo?

−Mi hermano, yo... Yo no...

−Tú no tienes interés alguno por los negocios. Tu padre heredó una empresa boyante, y si la echó a perder, fue porque se mostró o poco dispuesto o incapaz de adaptarse a los nuevos tiempos. Cuando empezó a tener problemas, no buscó consejo, ni alteró su lujoso estilo de vida: ni el suyo ni el de su familia. En lugar de ello, se dedicó a pedir dinero prestado.

−No todos podemos ser unos genios de las finanzas.

−No todos nacemos con la vida resuelta −replicó él, clavando la mirada en sus labios−. Esto es el mundo real, querida. A la gente buena le ocurren desgracias, y también a la que no lo es. Por no hablar de la gente estúpida... sí, me refiero a tu padre. ¿De qué otra manera llamarías a un hombre que confía en los milagros? Él no se tomó la molestia de recortar sus gastos. Por cierto... ¿por qué estás tan empeñada en que conserve el negocio? Tu hermano no tiene mayor interés en la empresa, y tú...

—¿Yo qué?

—Tú no estás implicada en el asunto. De hecho, no tenías la menor idea de los apuros económicos de tu padre, ¿verdad?

Libby alzó la barbilla ante la crítica que traslucía su pregunta.

—Por supuesto que no.

—Pero de haberlo sabido, te habrías ofrecido a ayudarlo.

—¡Por supuesto que sí!

—¿Y si yo te ofreciera ahora esa oportunidad?

—¿Oportunidad de qué? —frunció el ceño, confusa.

—De trabajar aquí, conmigo. De aprender cómo se debe llevar un negocio, de aprender de expertos...

—¡Yo trabajando para ti! —exclamó, estupefacta—. Si estás bromeando... —sacudió la cabeza.

—Querías una oportunidad, ¿no? —se encogió de hombros—. Pues yo te estoy dando una.

—Eso ya me lo has dicho, pero... ¿una oportunidad de qué, exactamente?

—De que me demuestres que eres algo que más que una cara bonita.

—No tengo nada que demostrarte —apretó los labios—. Tengo una carrera. Un empleo.

Rafael enarcó una ceja con gesto sardónico.

—¿Un empleo que te reporta dinero suficiente para ir y volver de Nueva York en primera clase? Impresionante.

–Ese viaje fue un regalo de mis padres.

–Y ese empleo tuyo... ¿no sería por casualidad otro regalo de papá y mamá?

–¡No! –pronunció, indignada.

–Así que superaste un proceso de selección...

Una oleada de rubor culpable le subió por el cuello mientras se negaba a bajar la mirada por segunda vez.

–El director del periódico para el que trabajo...

–Vaya, ignoraba que estaba hablando con toda una periodista…

–Es un periódico gratuito, de tirada local –le confesó, sincera–. Me encargo de cubrir eventos menores: fiestas benéficas y representaciones teatrales de colegio, partidos de fútbol... Mi abuelo fundó el periódico. Quería ayudar y contribuir de alguna forma a la comunidad.

–Así que, teniendo en cuenta quién eras, seguramente los solicitantes al puesto pensaron que jugabas con ventaja...

–Está bien: no había más candidatos y no hubo ninguna entrevista ni proceso de selección. Mike, el director, me conocía desde que era niña. Tengo una licenciatura en Literatura Inglesa. Sabía que podía hacer el trabajo hasta con los ojos cerrados.

–Claro, por supuesto –murmuró Rafael–. Dime una cosa. ¿Alguna vez te has esforzado en la vida? ¿Has intentado algo fuera de tu ámbito de… confort, por llamarlo de alguna manera?

–¡Muchísimas veces!

–¿Como ese trabajo que sabes hacer hasta con los ojos cerrados?

Libby apretó los dientes. Aquel hombre había utilizado una de sus expresiones precisamente para humillarla.

–No pretendía que lo interpretaras literalmente.

—¿No te aburres nunca?

El rubor de sus mejillas se intensificó ante la burla de su tono.

—No tengo un trabajo de gran categoría, ¿y qué? En la vida, hay más cosas que ganar dinero. Carecer de grandes ambiciones no es ningún delito.

—Nunca has tenido que esforzarte a nada, ¿verdad? Todo te fue entregado en bandeja por unos padres que…

Lo interrumpió, echando chispas por los ojos:

—Ríete todo lo que quieras de mí, pero deja en paz a mis padres. Por supuesto que se mostraron protectores conmigo. ¿Qué padres no lo habrían hecho con una hija que pasaba más tiempo en el hospital que en casa?

—¿Estuviste enferma de pequeña?

Libby evocó las frecuentes salidas en ambulancia, los numerosos ingresos en urgencias de pediatría y las innumerables estancias en la sala donde llegó a ser conocida de todos los médicos.

—Padecía asma.... Era difícil de controlar —lo miró, recelosa—. Pero con el tiempo aprendí a superarlo.

Sorprendiéndola, se limitó a comentar:

—Sí, a veces sucede —y dejó en paz el tema—. Demuéstrame tu potèncial. Convénceme durante el próximo mes de que eres capaz de trabajar intensamente... y financiaré el rescate de la empresa de tu padre.

Libby se quedó estupefacta ante semejante oferta.

—¿Pero por qué?

—Digamos que me siento generoso —se encogió de hombros.

—Ya —repuso, desconfiada—. Porque eres todo un filántropo, ¿verdad?

—¿Piensas acaso que albergo alguna intención oculta?

Si no hubiera sospechado de él, se habría equivocado de medio a medio. Porque lo mejor que podía
decirse de sus motivos era que eran ciertamente com-
plejos. Era verdad que había sentido un pequeño re-
mordimiento de conciencia, pero no hasta el punto de
arrepentirse de sus actos. Por otro lado, estaba decidido a acostarse con ella, y lo había estado desde el instante en que la vio por primera vez y experimentó la
reacción más primaria que había experimentado nunca
por una mujer.

—Creo que eres el ser más retorcido que conozco —
imaginando que acogería aquella pulla con una indignada protesta, se quedó sorprendida cuando soltó una
ronca, sensual carcajada.

Se lo quedó mirando fijamente, esforzándose por
ignorar el cálido brillo de sus ojos, en los que se refle-
jaba un genuino humor.

Capítulo 8

A VER si lo entiendo bien... ¿me estás ofreciendo un empleo?

Libby se esforzó por concentrarse. Cuando había irrumpido de aquella forma en el despacho de Rafael, sus objetivos no habían ido más allá de darse la satisfacción de decirle exactamente lo que pensaba de su persona. Lo que no había esperado era que él diera la vuelta a la situación. ¡Y menos aún que le ofreciera una segunda oportunidad!

–Uno temporal. Considéralo una especie de trabajo en prácticas.

Libby asimiló aquella información mientras reprimía la fuerte tentación de gritarle «sí, por favor», antes de que pudiera cambiar de idea. Pero no podía mostrarse demasiado deseosa. Como tampoco podía lanzarse de cabeza al peligro con los ojos cerrados. Porque aquel hombre era el peligro personificado.

–¿Esperas que trabaje gratis para ti?

–¿Gratis, dices? –la miró con expresión socarrona–. ¿Postergar la posible bancarrota del negocio de tu familia no te parece suficiente compensación? –sacudió la cabeza, haciéndose el asombrado–. Tengo que decirte, querida, que mis trabajadores están muy cotizados en el mercado laboral.

–No lo dudo. Es solo que...

–No tienes ambición, ni... –con los párpados entornados, bajó la mirada hasta sus labios– anhelos.

–¡Claro que tengo anhelos!

–Me encanta oír eso.

Rafael no podía esperar a sentir sus anhelantes manos por su cuerpo, sus hambrientos labios recorriendo su piel. Encogiéndose de hombros, giró sobre sus talones y atravesó la habitación para acercarse a la ventana... con el secreto objetivo de disimular la evidencia de su excitación.

Una distraída expresión se dibujó en los rasgos de Libby mientras observaba los reflejos del sol en su pelo, de un negro brillante.

–¿Quieres hacerlo? –preguntó él.

¿Querer? Lo que quería era salir corriendo en dirección opuesta.

–Cuando hablas de trabajo temporal, ¿qué quieres decir exactamente?

–Quiero decir una temporada de aprendizaje, inicialmente a la sombra de...

–¿De ti? –lo interrumpió. Si solo llevaba cinco minutos en su compañía y ya estaba hecha un manojo de nervios, no quería ni pensar en lo que supondría trabajar a todas horas para él.

–Ya conoces el refrán: mantente cerca de tus amigos... –una sonrisa depredadora asomó a sus labios, mientras bajaba la voz hasta convertirla en un ronco susurro– y más cerca aún de tus enemigos, querida.

El estómago le dio un traicionero vuelco. Todo aquello del trabajo... ¿escondería acaso un doble sentido?

–¿Cuánto de cerca? –le preguntó de pronto.

–No sé a qué te refieres.

Libby frunció el ceño ante aquel despliegue de asombro tan descaradamente falso.

–¿Esperas que me acueste contigo a cambio de que le concedas a mi padre una segunda oportunidad?

–Alguna gente podría calificar esa pregunta de descarnada, aunque a mí me parece muy atractiva tu sinceridad. Sin embargo, en cuestión de sexo no me gusta chantajear a nadie. Prefiero que las mujeres vengan a mí voluntariamente –su sonrisa se profundizó mientras observaba el tono grana, que no rosado, que habían alcanzado sus mejillas.

–Yo solo... yo pensaba...

Apiadándose de su incomodidad, interrumpió su avergonzado murmullo:

–Pero dado que estamos siendo tan sinceros... la respuesta a tu pregunta es sí, espero acostarme contigo. Vaya, pareces sorprendida.

Libby se lo había quedado mirando atónita.

–¿Cómo no iba a estarlo? ¿Te parezco acaso una mujer aficionada a conceder favores sexuales para conseguir lo que quiere? Hay un nombre para la gente que hace esas cosas.

Un relámpago de impaciencia atravesó los rasgos de Rafael.

–No exageres... aquí nadie está hablando de eso. Desde el mismo instante en que nos conocimos, resultó obvio que acabaríamos en la cama.

Por un instante, la pura y genuina arrogancia de aquel hombre la dejó aturdida. Cuando recuperó la voz, lo hizo con una leve ronquera, casi sin aliento.

–¡Tú necesitas ir al psiquiatra!

No, lo que necesitaba era sexo. Tres meses eran demasiado tiempo para un hombre con la libido sana, y la excesiva presión del trabajo no era una excusa válida. Su vida sexual podía calificarse si no de aburrida, sí de poco sorprendente. Y sabía que Libby Marchant no le aburriría. Ella no era la única que necesitaba un punto de desafío en su vida.

–Veo que eres de la clase de hombres que se sienten

obligados a demostrar su virilidad insinuándose con cualquier ser que lleve falda. Detesto echar a perder tu fantasía... –pronunció con un tono helado, cargado de desprecio–, pero no soy aficionada al sexo frívolo.

–Ni yo, querida. Yo siempre me he tomado muy en serio las cuestiones de sexo. Pero veo por tu expresión que te refieres a que no te gusta el sexo sin sentimientos de por medio. Muy bien, te seré sincero. Yo solamente practico el sexo sin sentimientos.

–¿Qué se supone que tengo que hacer ahora? –replicó ella–. ¿Aplaudirte?

–Estoy seguro de que llegaremos a algún tipo de arreglo –rio.

–Ríete si quieres, pero el hecho es que no pienso acostarme contigo.

–Eso ya lo veremos, pero relájate: mi oferta laboral no tiene nada que ver con eso. Llámame anticuado, si quieres. Por norma prefiero no mezclar el trabajo con el placer. Y, por muy buena que seas en la cama, no me convencerás de que rescate la empresa de tu padre si no demuestras que estás a la altura de la responsabilidad de dirigirla.

Libby cerró los puños a los costados.

–¡No me acostaría contigo ni aunque fueras el último hombre sobre la tierra!

–¡Qué vehemencia! –exclamó, admirado–. ¿Pero a quién intentas convencer? ¿Es posible que tu enconada resistencia proceda precisamente del temor a que no puedas resistirte?

Contuvo el aliento, furiosa, y alzó la barbilla. Consciente de que había sido desvergonzadamente manipulada, y a pesar de ello, anunció con tono firme:

–Acepto el trabajo. ¿Cuándo empiezo?

–Lunes por la mañana, a las nueve en punto.

Capítulo 9

LIBBY colgó en el armario la falda de tablas que hasta entonces siempre se había negado a ponerse porque su madre solía calificarla de «anticuada». La colocó al lado de la chaqueta de grandes botones dorados que finalmente había elegido para acompañarla.

En realidad, el conjunto no era tan horrible. Simplemente tenía un cociente sexy de menos diez... que era justo el efecto que buscaba. Porque esa no era la clase de ropa que habría elegido una mujer que estuviera decidida a acostarse con su jefe, sobre todo cuando ese jefe tenía el físico de Rafael Alejandro, un tipo habituado a tener a espectaculares minifaldas haciendo cola para subirse a su cama.

«Puede tener a la mujer que se le antoje... y me desea mí». Cada vez que aquel pensamiento asaltaba su cerebro, que eran muchas, Libby sentía como un chorro de calor líquido en el vientre. Y la enrevesada mezcla de contradictorios sentimientos que acompañaba a aquel vergonzante calor no hacía más que incrementar su miedo. ¿O era excitación?

Aferrándose al principio de que los actos, o en su caso la ropa, eran más elocuentes que las palabras, Libby esperaba que el atuendo elegido le ahorrara tener que pronunciar el discurso que había estado ensayando. Un discurso que incluía todo un apartado específico sobre la protección legal de las empleadas frente a las lascivas atenciones de sus jefes. El hecho de tener un plan la hacía sentirse algo más segura. Aunque la pregunta fatídica persistía: «¿qué es lo que te protegerá de tus propias hormonas, Libby?».

Todo el fin de semana había sido una pura pesadilla. Su madre había intentado sonreír y poner buena cara, pero sin lograr disimular el rastro de las lágrimas. Su padre se había pasado la mayor parte del tiempo encerrado en su despacho, y cuando por fin salió, apenas había pronunciado una palabra. Con la ayuda de Ed, Libby habría podido abordarlo, pero su pobre hermano no se había movido del hospital y no había estado en condiciones de atenderla.

Había gente que, cuando tenía un problema, buscaba refugio en el alcohol: Libby lo buscaba en la cocina. De repente se encontró con las manos llenas de harina hasta los codos, aunque en esa ocasión el aroma del horno no estaba obrando el habitual efecto terapéutico. Había hecho suficientes galletas y bollería casera para alimentar a un ejército, y al final seguía sin estar nada segura de la decisión que había tomado.

La oferta laboral que le había hecho Rafael... ¿sería verdadera? ¿Quería ella que lo fuera? Y, de ser así, ¿podría superar la prueba, consciente como era de que tendría que verlo todos los días, ser educada con él y simular al mismo tiempo que no se le había insinuado de la manera más descarada posible?

¿Podría simular que no había considerado seriamente su deshonesta propuesta, si bien había llegado a preguntarse, porque la carne era débil y ella no era una excepción, cómo sería dejarse tocar y acariciar por un hombre así? No era que tuviera intención de averiguarlo, no... Iba a tener que dejarle clara su posición desde el principio. Si se le ocurría ponerle un solo dedo encima... ¡lo denunciaría!

Libby se concentró en elaborar su plan, consciente durante todo el tiempo de que sus precauciones podrían terminar resultando innecesarias, ya que existía la posibilidad más que probable de que se presentara en el Edificio Alejandro y descubriera que la oferta había sido una farsa. Pero mientras existiera una mínima posibilidad de salvar a su familia de la ruina, no le quedaba otra opción que arriesgarse.

Nada deseosa de despertar las esperanzas de su familia hasta que las cosas estuvieran más claras, les había contado que el periódico la había enviado a cubrir una importante feria comercial en Londres. No había sido un gran alarde de inventiva, aunque tanto su hermano como sus padres habían estado demasiado preocupados por su propia situación como para extrañarse de que una publicación tan modesta le hubiera encargado semejante tarea.

Cuando aquella mañana llegó al Edificio Alejandro, las manos le habían temblado con una mezcla de terror y excitación. En ese momento, sin embargo, le temblaban de furia mientras se alisaba el pantalón por el que había cambiado su anticuada falda.

Se miró una vez más en el espejo de cuerpo entero del vestuario y revisó las horquillas con que se había sujetado la melena, en un sencillo moño. Esbozó una mueca de disgusto. ¿Por qué había sido tan ingenua como para creer en la sinceridad de la oferta de Rafael?

–Lo soportaré –masculló entre dientes–. Y podría haber sido peor –se recordó, reemplazando mentalmente el pantalón oscuro, el chaleco a juego y la camisa blanca de seda que llevaba por un delantal de doncella y una falda corta...

La imagen le hizo soltar una carcajada peligrosamente cercana a la histeria, en un esfuerzo por encontrarle el lado cómico a la situación. Porque el sentido del humor, reflexionó sombríamente, bien podría ser lo único que la ayudara a superar aquel día sin llegar a enloquecer. Un sentido del humor del que había carecido Melanie, de Recursos Humanos, cuando apenas unos minutos antes había oído exclamar a Libby:

—¡Tiene que estar bromeando!

Un tanto exasperada, la mujer había consultado su cuaderno antes de mirarla ceñuda:

—Yo creía que esa era tu talla.

Libby había mirado la etiqueta cosida a la camisa, y luego la del pantalón.

—Sí, la talla es la correcta. El problema no es ese.

En aquel momento, enfrentada a la interrogante mirada de la mujer, todavía había albergado la inocente esperanza de que se hubiera tratado de algún error.

—Yo no formo parte de ningún equipo de catering. Es mi primer día aquí y...

La mujer había continuado mirándola asombrada.

—¿Y?

Solo entonces Libby había comprendido lo que pasaba:

—¿Espera que sirva bebidas?

—Oh, nada de alcohol —se habría apresurado a aclararle la mujer, como si el problema hubiera sido simplemente el tipo de bebidas—. Es un almuerzo de trabajo, muy informal. Solo una muestra de agradecimiento del señor Alejandro hacia el equipo responsable de la organización de su primera cumbre comercial.

Por alguna razón Libby se había quedado donde estaba, oyendo parlotear orgullosa a la mujer sobre el importante acontecimiento internacional en que estaba destinada a convertirse aquella cumbre... y no se puso a chillar ni a romper los muebles. ¡Estaba descubriendo nuevas posibilidades de su capacidad de autocontrol! En realidad, habría salido en aquel preciso instante disparada del edificio... de no haber sabido que era precisamente eso lo que el muy sádico de Rafael Alejandro quería que hiciera. Consciente de que la mujer continuaba esperando su respuesta, se había obligado a pronunciar, forzando una sonrisa:

–No lo sabía –con lo que había quedado como una ingenua y una imbécil.

«Ya reiré yo la última», se había prometido antes de alejarse hacia el vestuario. Evidentemente Rafael había esperado una reacción de aristocrática indignación por su parte... que habría corroborado su convicción de que era una especie de niña mimada y caprichosa. El muy retorcido estaba acostumbrado a manejar los hilos y a hacer bailar a la gente a su son. «Pero esta vez no lo conseguirás», pensó, furiosa.

Ya no se trataba solamente de salvar la empresa familiar. Se trataba también de una cuestión de orgullo, y por eso estaba dispuesta a ser la camarera más eficiente del mundo.

Cuando Libby llegó a la última planta, la gente ya había empezado a llegar, sola o en grupos. Algunos ya se estaban sirviendo comida de las bandejas. Rafael todavía no había llegado.

La persona a cargo del catering, un hombre de pelo plateado ataviado con un elegante traje negro, apareció de pronto a su lado. No hizo el menor comentario sobre su retraso mientras le explicaba que su cometido era asegurarse de que no faltara el café.

–Ofrécete a rellenarles las tazas, pero sin molestarlos.

¡Y ella que había temido no estar a la altura del trabajo! Mientras se ocupaba de su tarea, no dejaba de mirar la puerta de reojo. Estaba tan nerviosa, que incluso derramó media jarra de café sobre el inmaculado mantel de una de las mesas del bufé. Ruborizada y deshaciéndose en disculpas, recogió una servilleta y se esforzó por limpiar la mancha, que se fue haciendo cada vez más grande... hasta que el líquido fue a gotear justamente sobre sus zapatos.

El denso silencio que se hizo de repente no se debió, como pensó Libby en un principio, a que los presentes la estuvieran mirando, asombrados de ver cómo convertía la tarea más sencilla del mundo en algo tan complicado como una operación de cirugía. El verdadero motivo era que Rafael había aparecido a tiempo de asistir a su humillación.

Para empeorar las cosas, cuando su mirada tropezó con la alta figura que se recortaba en el umbral... la mano le tembló tanto que una taza medio llena salió volando. Soltó un grito, seguido de cerca por el estrépito de la porcelana rota y la risa burlona de algún joven y engreído ejecutivo. En aquel momento sí que pudo decir que todas las miradas estaban fijas en ella. Se quedó paralizada de horror y de vergüenza.

—¿Te importa apartarte?

Reaccionó a la tranquila invitación y vio cómo el mantel manchado era rápidamente retirado y sustituido. En cuestión de segundos, todo rastro de desastre había desaparecido y se reanudaban las conversaciones.

—No te preocupes. Todo el mundo tiene un accidente.

«¡Yo no, hoy no!». Libby reprimió un sollozo y lanzó una sonrisa genuina al hombre de pelo plateado que había dirigido la operación.

–Lo siento muchísimo...

El hombre le sonrió, saludó con la cabeza a alguien que se encontraba detrás de ella y se retiró. Libby cerró los ojos. Sabía antes de volverse a quién vería allí: su intuición no la traicionó. Forzando una tranquila sonrisa con tal de disimular la oleada de vergüenza que ardía en sus venas, se volvió y se encontró con la alta, imponente figura de Rafael Alejandro. Debía de haber disfrutado mucho viendo cómo ella sola se ponía en ridículo.

–¿Café, señor? –inquirió, dirigiéndose a alguien que había aparecido detrás de él.

Rafael enarcó una ceja mientras se volvía hacia el joven en quien la propia Libby no había reparado hasta ese momento. Lógico, ya que su atención había estado exclusivamente concentrada en el hombre al que en vano había pretendido impresionar con su eficacia y diligencia...

–¿Qué te parece, Callum? ¿Nos arriesgamos?

Pese a su leve tono burlón, Rafael no había disfrutado en absoluto viendo cómo Libby se ponía en ridículo. Más bien se había quedado impresionado ante la manera en que había alzado la barbilla cuando aquel imbécil se había reído de ella. En aquel preciso instante había tenido que refrenar un nada característico impulso de acudir presuroso a su lado para protegerla.

Toda azorada, Libby oyó la risa del joven... que no fue cruel, sino simpática.

–Sí, gracias, tomaré más café. Ah, y no te preocupes. Todos la hemos pifiado alguna vez.

«Excepto Rafael», pensó Libby, sonriendo agradecida mientras le rellenaba la taza. No conseguía imaginarse a Rafael estropeando nada que no fueran las vidas de los demás.

El joven sonrió también, y añadió haciéndose eco de lo que estaba pensando ella:

–Todos menos Rafael, por supuesto.

–Los rumores sobre mi infalibilidad son ciertamente exagerados –señaló Rafael–. Yo también tomaré café.

Y le sostuvo la mano, que le temblaba, mientras acercaba su taza. Su mirada viajó de su muñeca temblorosa hasta la tensa expresión de su rostro... y se sintió como un absoluto canalla. Una opinión compartida por la culpable voz de su conciencia.

¿Pero por qué se sentía así? Aquella mujer estaba allí por propia voluntad, y él la estaba tratando como trataba a todos los trabajadores en prácticas. Era un método que había empezado a usar con un joven particularmente pretencioso que le había ocasionado más de un problema. A partir de aquel momento, y para cualquier candidato, empezar por lo más bajo era un paso obligado en su primer día.

Libby suspiró de alivio cuando se vio obligada a apartarse de Rafael, que acababa de ser abordado por una mujer alta y guapa, ataviada con un traje rojo brillante. Que la mujer más atractiva de toda la sala se hubiera dirigido directamente hacia él difícilmente podía constituir ninguna sorpresa. ¡La sorpresa habría sido que no lo hubiera hecho!

Pese a que estuvo a punto de cometer otro error cuando oyó a la mujer de rojo reír a carcajadas por algo que le había dicho Rafael, Libby consiguió desempeñar su trabajo sin mayores problemas. Tal vez fuera porque el propio Rafael solo se quedó cinco minutos más. Fuera como fuere, incluso recibió unas palabras de elogio del hombre de pelo plateado que volvió a acercarse a ella para anunciarle que su servicio había terminado. Sin pérdida de tiempo, debía asistir a la preceptiva sesión de salud y seguridad en el trabajo.

De camino hacia su destino, se dio cuenta de que

en aquel momento se sentía feliz... ¡solo porque alguien le había dicho que se le daba muy bien servir cafés! Se rio en voz alta de sí misma.

—Siempre es bueno ver a alguien feliz y contento.

Libby, que ya había dejado de reír, se detuvo en seco.

—¿Sabes? —le dijo Rafael—. En la sala tuve la sensación de que deseabas decirme algo.

—Solo que eres un bastardo —inmediatamente cerró los ojos. «¿Por qué no has podido mantener la boca cerrada, Libby?», se reprendió.

—En ese caso, no puedo menos que admirar tu contención.

Abrió los ojos y pensó: «al diablo con la contención. No puedo estropear las cosas más de lo que están».

—Yo también estoy admirada de mí misma. Mi contención es verdaderamente impresionante. Me he mostrado increíblemente respetuosa con una panda de imbéciles trajeados que ni siquiera han advertido mi presencia y además ni siquiera me han pagado por ello... además de que servir cafés no es tan fácil como parece —se interrumpió para tomar aliento. «Esta vez sí que la has hecho buena, Libby», pensó. «Ya no hay marcha atrás».

—Yo sí que me fijé en ti.

Se le quedó mirando asombrada. De todas las cosas que había imaginado que diría en respuesta a su desquiciada diatriba, aquella había sido la última. Atrapada por el hipnótico ardor de su mirada, dejó hasta de respirar.

El deseo arrasaba su cuerpo como un incendio descontrolado, haciendo que los pezones se le endurecieran dolorosamente. Soltó un largo y tembloroso suspiro y alzó la barbilla, bloqueando el implacable alud de abrasadoras imágenes que convocaba su traicionera mente.

—Te fijarías en mí esperando verme fracasar estrepitosamente, supongo.

—No. Pensando en que lo que estabas haciendo muy bien.

Una vez más, su respuesta no fue la que había esperado.

—Lo siento, pero no me gusta nada tu sentido del humor. ¿Alguna vez pensaste en serio en ponerme a trabajar para ti, más allá de obligarme a servir cafés? No, ¿verdad?

—¿Esperabas acaso que te tratara de manera distinta al resto de los trabajadores en prácticas? ¿Que te concediera un trato de preferencia?

Libby soltó una carcajada de incredulidad.

—Oh, desde luego que no. Estoy segura de que pones a todos tus trabajadores en prácticas a servir cafés... —replicó, irónica.

Consciente de su involuntario tono de resentimiento, se mordió el labio para reprimir el sollozo que amenazaba con subirle por la garganta.

Rafael se quedó horrorizado cuando vio asomar las lágrimas a sus ojos, pero se negó a suavizar su actitud. No tenía la menor duda de que aquellos enormes ojos azules y aquellas lágrimas habían conseguido siempre ese efecto, y él no estaba dispuesto a seguir ese mismo camino.

—Lo creas o no, así es. ¿Te acuerdas de Callum, el joven con el que estuviste hablando? —al ver que asentía con la cabeza, añadió—: Entró con un contrato de prácticas... y su primer día lo pasó en el cuarto de la correspondencia, clasificando cartas.

Libby se lo quedó mirando fijamente, sin saber si creérselo o no.

—En esta empresa trabajamos en equipo. El respeto a los demás es esencial. Muchos de los que llegan aquí lo hacen con una opinión demasiado elevada de sí mismos, y en ocasiones faltan al respeto a sus compañeros menos cualificados.

—Y tú les pones a servir cafés.

—Entre otras tareas

—¿Así que se trataba de una especie de prueba?

—Podría decirse que sí —arqueó una ceja.

—De modo que todo esto no es una farsa... Tu oferta iba en serio. Vas a darme la oportunidad de que ayude a mi familia —recordó que apenas unos minutos atrás le había llamado «bastardo» y palideció.

—Tu padre recibirá información de mi departamento jurídico comunicándole que no voy a exigir la devolución del crédito mientras se revisan las cuentas.

—Así que todo dependerá de mí.

—Sí.

—Ya —alzó la mirada hacia él—. Y tú piensas que no lo conseguiré, ¿verdad?

—Olvídate de lo que piense yo. ¿Qué piensas tú?

Libby levantó la barbilla:

—Que seré la mejor trabajadora en prácticas que hayas tenido nunca.

Capítulo 10

AUNQUE no se convirtió en la mejor trabajadora, durante su primera semana Libby Marchant demostró ser... diferente. Lejos de comportarse como la altanera niña mimada que Rafael la había acusado de ser, había demostrado, según los informes recibidos, una gran disposición y entusiasmo en las tareas encomendadas.

No podía encontrar falta alguna en su ética laboral y en su actitud hacia el trabajo: eran más bien ciertos estrafalarios detalles personales los que le hacían dudar. Le gustaba que el ambiente de su oficina fuera lo más despersonalizado posible: que sus empleados dejaran sus problemas en casa. Y no solo sus problemas: también las galletas y la bollería casera.

La situación con toda aquella producción casera se estaba desmadrando. En las mesas de todos sus trabajadores veía manjares de aquella clase. Rafael se esforzaba por mantener una mente abierta y desprejuiciada sobre el tema. Prohibir esas cosas habría resultado contraproducente, y siempre y cuando las consecuencias afectaran únicamente al peso y la línea de sus empleados, el problema no era tan grave.

La situación con el fútbol no era tan inocente. ¿Cómo habría podido serlo cuando estaban implicados jóvenes deportistas cargados de testosterona? Rafael se había llevado una buena sorpresa, no precisamente agradable, cuando descubrió apenas esa misma mañana que su nueva trabajadora en prácticas había sido adoptada como enseña del equipo de fútbol de la empresa... dado que su primera aparición en la línea de banda coincidió con el primer partido que habían ganado nunca.

El equipo, que en opinión de Rafael tenía más testosterona que talento entre sus filas, la tenía por una especie de fetiche de la buena suerte. No le cabía duda de que, en los vestuarios, la llamarían muchas otras cosas... ¿Sería consciente Libby de que se había convertido en la referencia obligada de toda suerte de chistes y comentarios sexistas?

Para cuando llegó el lunes de su segunda semana en la empresa, Libby fue convocada al despacho de Rafael.

De pie en el vestíbulo del despacho, fue invitada a sentarse por la despampanante secretaria. En el edificio, las opiniones sobre si la relación de Gretchen con Rafael se extendía hasta su dormitorio estaban divididas. Esperó pacientemente, sintiéndose como una traviesa colegiala a punto de recibir una reprimenda del director de su colegio.

«El monstruo»: así era como su familia llamaba a Rafael. Supuestamente nunca habría existido un buen momento para decírselo, pero la indignación con que reaccionaron cuando la noche anterior les soltó la noticia la había dejado ciertamente sorprendida. Se recostó en la silla mientras evocaba diversas escenas de la conversación.

Desde luego que no había querido sacar el tema en la mesa, durante la cena. Su padre, feliz de que Rafael Alejandro le hubiera comunicado que no le urgía que le devolviera el crédito, había mantenido que Rafael se había dado cuenta de su error. Y que había sido por eso por lo que había reculado:

–No tiene la experiencia necesaria. No es el hombre adecuado para sustituir a Aldo. El puesto le viene grande.

Escuchándolo, Libby había tenido que morderse la lengua para no revelarle la verdad. Apenas una semana atrás ella misma habría podido mostrarse de acuerdo con él, pero a esas alturas ya sabía que era injusto achacar toda la culpa a Rafael.

–Había pensando en acercarme a ver las carreras el lunes.

–Excelente idea. Podríamos ir todos –había sugerido Kate Marchant–. Así nos relajaremos un poco.

Libby se había sorprendido pensando, con cierto sentimiento de culpabilidad, que su padre siempre se había caracterizado por su capacidad para relajarse. Y para desentenderse de sus responsabilidades.

–¿Y tú, Libby? Podría hablar con Mike para que te diera el día libre.

–No.

–Oh, a Mike no le importará –le había asegurado su padre, palmeándole cariñosamente la mano.

–Presenté la dimisión la semana pasada –sabía que era un riesgo, pero por una vez en la vida, Libby quería trabajar sin una red de seguridad.

–¿Pero por qué? –habían preguntado sus padres al unísono, consternados, pero aún no furiosos. El enfado había venido después.

–La verdad es que tengo otro trabajo... bueno, en realidad es una especie de contrato en prácticas, pero...

–Bueno, eso es magnífico. Bien hecho, cariño, pero... ¿por qué no nos lo dijiste antes?

–Estoy trabajando para Rafael Alejandro.

–¡No estarás hablando en serio!

–Cuidado con tu hipertensión, cariño –había advertido Kate Marchant a su marido–. Es una broma, ¿verdad, Libby? Anda, díselo...

–Es cierto. Toda la semana pasada estuve trabajando allí.

A partir de aquel momento la escena había subido varios grados de temperatura. Su padre la había acusado de deslealtad, la había llamado «niña estúpida»... y su madre se había echado a llorar.

–Pero esa experiencia podrá servirme para conseguir un bien trabajo –temerosa todavía de despertar en ellos falsa esperanzas, se había cuidado mucho de revelarles el beneficio que su labor podría terminar reportándoles.

–Ya tenías un buen trabajo –había protestado su padre.

–Pero papá, si cubría concursos de razas caninas... Estaba aburrida.

–¡Aburrida! ¿Desde cuándo?

«Desde siempre», fue su silenciosa respuesta. Solo entonces se había dado cuenta de ello, para su propio asombro.

–Ya puedes pasar.

La voz de Gretchen la devolvió bruscamente a la realidad.

–Gracias –aspiró profundamente y aceptó la invitación a entrar en el despacho del jefe. «La última vez entré con él… cargada en sus brazos». El pensamiento casi la hizo tambalearse. Afortunadamente, su vacilación pasó desapercibida... porque Rafael no la estaba mirando.

Ni siquiera alzó la vista. Esperó, cada vez más inquieta, mientras él continuaba leyendo el papel que tenía sobre el escritorio. Le parecía irónico que al principio hubiera temido algún tipo de acoso sexual por su parte. Lejos de acosarla, en la única ocasión en que se habían cruzado sus caminos desde aquel primer día, ella se había quedado con una estúpida sonrisa en la cara y él ni siquiera la había mirado.

–Esta semana harás de acompañante –dijo de pronto Rafael, levantando la cabeza... y se interrumpió.

Viéndola en aquel momento delante de él, con aquella postura tan recatada y sin embargo tan sensual como siempre, se olvidó de lo que estaba diciendo. El deseo volvió a arrasar su cuerpo con inusitada intensidad.

–Acompañante… ¿tuyo?

Rafal intentó luchar contra la imagen que lo había asaltado de pronto: Libby tendida sobre su escritorio, su corta falda levantada... Se aclaró la garganta. ¡Que estuviera con él todo el día! No, no confiaba lo suficiente en sí mismo.

–No.

–Me alegro –fue mirarlo y ruborizarse–. Quiero decir que...estoy segura de que eres demasiado importante para molestarte con una trabajadora en prácticas y...

La profunda voz de Rafael interrumpió su parloteo.

–Bueno, hay una que me molesta especialmente.

Libby tragó saliva.

–¿Yo?

Por un fugaz instante, la recorrió con su ardiente mirada antes de bajarla de nuevo para volver a concentrarse en el papel, fingiendo que no la había oído.

–Gretchen te pondrá al tanto de los detalles.

Dolida por su actitud, confusa por las contradictorias señales que le estaba enviando y devorada por la culpa por sentirse tan fatalmente atraída por el hombre que tanto daño había hecho a su familia, Libby se volvió lentamente.

Rafael la observó alejarse: erguida, con la cabeza bien alta. Esperó a que cerrara la puerta antes de pasarse una mano por el pelo y soltar un gruñido. Pensó que habría podido poseerla allí mismo, sobre el escritorio. Era un estúpido. Su regla consistía precisamente en no mezclar el trabajo con la vida privada: había sermoneado sobre los males del acoso sexual a todos y cada uno de los miembros del equipo de fútbol, pero cuando tanto costaba mantener los propios principios... ¿acaso no había llegado el momento de cambiarlos?

El problema era que él no era solamente su jefe: también tenía el destino de su familia en sus manos. ¿Se atrevería ella a rechazarlo? Sonrió mientras pensaba que se atrevería a cualquier cosa, pero la duda persistía... ¿podría eso echar a perder una futura relación?

Una expresión de asombro se dibujó en su rostro: «futuro» y «relación» eran dos palabras que jamás usaba con las mujeres. Salir en aquel momento tras Libby significaría admitir que estaba tan obsesionado con ella, que ni siquiera podría esperar tres semanas. Necesitaba un periodo de enfriamiento. Pulsó el botón intercomunicador y ladró:

–Me voy a Río. Encárgate de todo, por favor.

Una semana después, la llegada de Rafael a media tarde a la sede de Londres coincidió con la salida del edificio del director regional, que se extrañó de verlo tan pronto de regreso.

–¿Ha habido algún problema? –se apresuró a preguntarle con gesto preocupado.

Rafael le estrechó la mano. El problema, el único que le había hecho volver cinco días antes de lo programado, medía uno sesenta y cinco de estatura y era pelirrojo.

–¿Qué tal la familia? –Rafael, nada habituado a llenar un silencio cuando no tenía nada que decir, se oyó a sí mismo soltar la manida frase de cortesía. ¿Por qué? ¿Para disimular quizá un azoro que ni él mismo se atrevía a reconocer? Podía racionalizarlo todo lo que quisiera, pero nada cambiaría el hecho de que estaba respondiendo a sus hormonas con la contención de un adolescente.

Cierto asombro se dibujó en la sonrisa del hombre cuando contestó:

–Muy bien, gracias, aunque James está... –se interrumpió, incómodo, y añadió con una carcajada–: No creo que quieras saber la última de sus...

–¿James...? –Rafael frunció el ceño–. ¿No es el que cumplió los veintiún años por Navidad?

Simon se quedó momentáneamente estupefacto. Le asombraba que su jefe se acordara de que tenía hijos, y más todavía de que supiera la edad del mayor.

–Ya sabes cómo son los chicos. Ya pueden cumplir años, que uno no puede dejar de preocuparse... –se encogió de hombros, arrepintiéndose de su comentario. La opinión de su jefe sobre la inconveniencia de llevar los problemas personales al lugar de trabajo era bien conocida.

–No, lo sé –admitió Rafael, lacónico.

¿Cómo habría podido saberlo? Nunca había existido en su vida figura paterna alguna que se hubiera molestado en ayudarlo u orientarlo, aunque tampoco podía echar en falta algo que nunca había tenido. Prefería concentrarse en los beneficios que le habían reportado su infancia y adolescencia tan poco convencionales. Su capacidad para tomar una decisión y asumir las consecuencias, fueran buenas o malas, era algo que había adquirido durante aquellos primeros años. ¿Acaso una familia normal le habría dado la clase de confianza en sí mismo que había constituido el motor de su éxito? Lo dudaba seriamente.

Si aquellos primeros años hubieran sido distintos... ¿tendría en aquel momento un retrato de su hijo el día de su graduación sobre la mesa de su despacho, como Simon? Especular carecía de sentido. Un hombre tenía que conformarse con lo que era y no con lo que habría podido ser. Y ser padre era algo que jamás se había planteado.

¿Lo sería alguna vez? Disfrutaba de su libertad. Alguna gente podría considerarlo un rasgo de egoísmo, pero en su opinión era todavía más egoísta asumir un papel para el que no estaba capacitado. «Y que tanto miedo me da...», añadió para sus adentros.

–No hay ningún problema –mintió en respuesta a la primera pregunta de Simon–. Simplemente las cosas han ido más rápidas de lo esperado. Lucas lo tiene todo bajo control.

Irónicamente, su equipo de Brasil había interpretado su falta de interés como una especie de retorcida táctica para despistar a la competencia. Pero Rafael sabía perfectamente que no podía permitirse despistarse. Y en aquel momento le costaba concentrarse porque no podía dejar de pensar en Libby: en lo que estaba haciendo, si estaba esperando ansiosa su retorno, si sonreiría a los otros hombres...

Aquella clase de preocupación le era completamente ajena. Su capacidad para compartimentar los diferentes aspectos de su vida era algo que nunca le había fallado. Ver cómo perdía esa capacidad, sorprenderse a sí mismo divagando y pensando únicamente en cierto rostro... le había hecho preguntarse si no la estaría perdiendo.

Pero no, en realidad no estaba perdiendo nada. ¡Simplemente le faltaba algo! Era una simple cuestión de sexo. Él era un hombre sano y fuerte, con apetitos, poco acostumbrado a esforzarse para conseguir el objeto de su deseo. A pesar de su reputación, Rafael era el perseguido, no el perseguidor: siempre había sido así. Desde que era un adolescente, siempre había atraído como un imán a las mujeres.

Se dijo que la caza era algo que sentaría muy bien a su apetito, a esas alturas ya un tanto harto y falto de entusiasmo. Y le proporcionaría tiempo para saborear el placer de su inevitable rendición final. Pero el placer de la caza era una cosa... y otra muy diferente aquel ansia que le devoraba las entrañas como si fuera ácido. ¡Aquello no era placer, sino tortura!

Libby había disfrutado de su segunda semana en el trabajo. Rob Monroe, un paternal escocés con un irónico sentido del humor, la había acogido con los brazos abiertos.

–Rafael quiere que conozcas todos los aspectos de este negocio mientras estés con nosotros.

–Intentaré hacerlo lo mejor que pueda –le había prometido Libby, entusiasmada ante la perspectiva.

Fue aquel mismo día cuando, incapaz de contenerse, sacó a colación el tema que le había estado rondando la cabeza durante toda la mañana.

–El señor Alejandro, esto... ¿se pasará en algún momento por aquí... en esta semana?

Nada más hacer la pregunta, casi había deseado que le contestaran que no era asunto suyo. Que la pusieran en su lugar era infinitamente preferible a tener que mirar por encima del hombro cada dos segundos, esperando verlo aparecer.

–Rafael está fuera del país.

–¿De veras? –consciente de que su reacción a la noticia había sido sospechosamente ambigua, había procurado concentrarse en la tarea que tenía entre manos.

–Creía que lo sabías.

–¿Yo? ¿Por qué habría yo de...?

El hombre mayor se había mostrado un tanto incómodo.

–Bueno, tú y él sois... amigos, ¿no?

Había querido decir «amantes». Se había puesto roja como la grana. Pese a ello, se había esforzado por sostenerle la mirada mientras le preguntaba:

–No lo somos.

Se hizo un silencio antes de que Rob sonriera y asintiera con la cabeza.

–Perdona entonces. Rafael estará fuera del país durante un par de semanas por lo menos.

Libby había acogido aquella revelación en silencio. Evidentemente era una buena noticia... lo que sugería una curiosa pregunta. Si realmente lo era... ¿por qué había experimentado una sensación tan deprimente?

–Como sabes... –Rob se había interrumpido para añadir– o quizá no sepas, la empresa tiene importantes intereses en Sudamérica.

Libby había esperado fervientemente que su mentor sacara del error al resto de la plantilla sobre su relación con Mike. No supo si llegó a hacerlo o no, pero la actitud de los demás trabajadores hacia ella fue en su mayor parte positiva... hasta ese día, cuando le informaron de que Rob estaba enfermo. Nada grave, solo una gripe, pero suficiente para mantenerlo en cama durante el resto de la semana. Quien lo sustituyó en esa tarea fue su inmediata subordinada, una morena de unos treinta y pocos años, guapa y elegante.

La semana anterior Libby había alcanzado aquel punto en que, contra todo pronóstico, había empezado a acudir al trabajo llena de ganas y entusiasmo. Pero a esas alturas ya estaba temiendo que llegara el día siguiente. Porque su nueva mentora desempeñaba su tarea con evidente disgusto, ignorándola durante la mayor parte del tiempo y presentándola a los demás únicamente cuando ella misma se lo pedía.

Libby se sentía como un cero a la izquierda. Cada vez que había abierto la boca para decir algo, la mujer se había ocupado de recordarle que ella estaba allí para observar, no para participar. Y al final había dejado de abrir la boca. Perder de aquella manera todo aquel valioso tiempo de aprendizaje resultaba frustrante, pero... ¿qué otra opción le quedaba? Decidida a demostrar sus capacidades en respuesta al desafío de Rafael, solo podía rezar para que Rob Monroe se recuperara pronto.

Su reacia mentora ni siquiera se había molestado en pedirle que la acompañara en sus gestiones. En lugar de ello, ese mismo día, a media mañana, le había dejado un montón de documentos en el escritorio y le había pedido que los analizara y repasara las cifras... dándole a entender que no se diera demasiada prisa en hacerlo.

Se había aplicado con ahínco a la tarea. Pero para las cuatro la cabeza le dolía terriblemente. Reconociendo los síntomas, salió al pasillo en busca de un vaso de agua fría para tomar su pastilla contra la migraña. Fue allí cuando, con una mano en la cabeza y la cabeza todavía llena de números, casi chocó con Jake Wylie, el abogado que Susie le había presentado en Nueva York. Su sorpresa cuando la reconoció igualó a la suya.

—Esto tiene que ser el destino… —comentó él después de que Libby le hubiera dado una breve explicación de su presencia allí.

No era el destino, pero era agradable ver un rostro conocido en un ambiente donde todavía se sentía como un pez fuera del agua. Empezaron a charlar. Jake sabía escuchar. Con él, no había siniestras insinuaciones ni dobles sentidos de los que preocuparse... o atracciones sexuales, con lo cual se sentía perfectamente relajada.

Dado que se había saltado la hora de la comida, y que necesitaba desesperadamente un café, Libby invitó a Jake a tomar una taza con ella. Y se alegró enormemente de que aceptara. Ya en su escritorio, acababa de servirle café de la jarra cuando le sonó el móvil. Con una sonrisa de disculpa, aceptó la llamada. Era su hermano.

—¿Qué tal es...?

—¿Es cierto? —la interrumpió.

Sus padres le habían dicho que no pensaban decírselo a Ed porque ya tenía suficientes preocupaciones, añadiendo que esperaban que hubiera recuperado la cordura para entonces.

—Sí, estoy trabajando para Rafael Alejandro, pero tengo mis razones y...

—No me interesan tus razones, Libby. Lo único que me interesa es oírte decir que vas a abandonar ese edificio ahora mismo.

—No puedo.

—¿Tienes idea de lo muy afectada que está mamá? No puedo creer que estés siendo tan egoísta.

Libby sintió que los ojos se le llenaban de lágrimas.

—Quizá lo sea —era una pregunta que se había hecho más de una vez. Sobre todo desde que se había dado cuenta de que no estaba haciendo todo aquello únicamente por su familia: lo estaba haciendo también por sí misma.

Esbozó una mueca cuando su hermano cortó de golpe la comunicación.

–¿Te encuentras bien?

Libby se mordió el labio y meneó la cabeza.

–Cosas de familia –nada más quebrársele la voz, se llevó una mano a la boca. Se le escapó un sollozo.

Jake la miró con expresión compasiva:

–No te preocupes... ¡las cosas que yo podría contarte de la mía!

Y acto seguido se dedicó a hacerlo. La anécdota de la desastrosa cena familiar del último Día de Acción de Gracias arrancó a Libby una carcajada.

–Gracias –le dijo–. Y perdona la escena...

El atractivo americano le lanzó una sonrisa cargada de ternura al tiempo que le acariciaba un hombro.

–Tengo cuatro hermanas y una ex. Tengo experiencia en ver llorar a la gente. Hazlo si quieres, desahógate. Es lo mejor –le apretó cariñosamente el hombro.

Aquello hizo que se le volvieran a llenar los ojos de lágrimas. La intención de Jake era buena, por supuesto, pero no tenía intención de seguir su consejo. Si lo hacía, si por un momento bajaba las defensas y desahogaba la tensión que había acumulado durante las últimas semanas, el resultado sería un torrente de lágrimas que no cesaría nunca.

–Eres muy amable –lo miró, pensando: «y también guapo e inteligente». ¿Por qué no había podido sentirse atraída por él y sí en cambio por Rafael Alejandro?

Jake vio que estiraba una mano hacia la caja de pañuelos que tenía sobre el escritorio y se apresuró a acercársela.

–Con que amable, ¿eh? Es una palabra que, en mi experiencia, no suele preceder al momento en que una mujer se abalanza sobre mí...

Libby esbozó una sonrisa de disculpa.

–Es que yo no busco... –se interrumpió, incómoda.

El americano se encogió resignadamente de hombros.

–Pensó que no pasaba nada por intentarlo... De todas maneras, ¿qué te parece si cenamos juntos? Me quedaré en la ciudad durante todo lo que queda de semana. Te prometo no agobiarte con mis anécdotas familiares. Así tú podrás contarme cómo es el legendario Rafael Alejandro en la vida real.

–¡Rafael Alejandro!

Aspiró profundamente, dilatadas las aletas de la nariz. Había desarrollado una respuesta casi pavloviana ante la simple mención de aquel nombre. Lo cual la llenaba de desprecio hacia sí misma. Apenas registró la sobresaltada expresión de Jake cuando una amarga carcajada escapó de sus labios.

–Eso puedo decírtelo ahora mismo. Es arrogante, pagado de sí mismo, sin escrúpulos, malvado...

–Vaya. Deduzco que no estoy hablando precisamente con una admiradora suya.

Capítulo 11

LIBBY, consternada y avergonzada de su propio exabrupto, se esforzó por recuperar la compostura.

–Es un hombre que inspira sentimientos más bien extremos –admitió, soltando una risita.

–¿Interrumpo?

Sin aliento, Libby giró bruscamente la cabeza... y su semblante experimentó varios rápidos y variados cambios de color nada más ver la figura recortada en el umbral. Rafael Alejandro, destilando arrogancia por todos sus poros, esbozaba una blanquísima sonrisa con expresión sardónica.

Rebobinó mentalmente su exabrupto, ya que resultaba obvio que había escuchado cada palabra, y se mordió el labio para reprimir el gruñido que le subía por la garganta. E incapaz de controlar al mismo tiempo el calor líquido que anegó su cuerpo...Vio que se apartaba del marco de la puerta y se erguía en su imponente estatura antes de acercarse hacia ellos con la gracia y la elegancia de un puma.

–Yo solo...

–Sí, ya lo he oído.

Tragó saliva, toda ruborizada, y bajó la vista. Había creído a pie juntillas en cada palabra de la resumida descripción que de su persona le había hecho a Jake. Solo había faltado el detalle de que además era el hombre más guapo del planeta.

–Insisto: ¿interrumpo algo?

–No... sí... esto... –y le espetó, de puro incómoda–: ¿Qué estás haciendo aquí? –al ver que se limitaba a mirarla arqueando una ceja, se sintió una absoluta imbécil–. Quiero decir que me ha sorprendido verte... Nadie me dijo que venías.

–No sabía que tuviera que darte cuentas.

Jake, que no había abierto la boca hasta el momento, intervino para llenar el tenso silencio que siguió a aquellas palabras.

–Hola, soy Jake Wylie...

Por un estremecedor momento, Libby temió que Rafael no fuera a estrechar la mano que el americano amablemente le había tendido. Al final lo hizo, pero el contacto fue muy breve. Después de lanzarle una mirada helada, lo ignoró por completo para concentrar su atención en ella.

–Bueno, esto... tengo que irme –balbuceó Jake–. Me alegro mucho de haberte encontrado, Libby. Ha sido estupendo que nos hayamos puesto al tanto cada uno de la vida del otro... –la miró como disculpándose.

Se hizo un silencio después que la puerta se hubo cerrado detrás de Jake. Y fue Rafael quien lo rompió.

–Veo que has estado aprovechando bien el tiempo. Aunque me temo que te has hecho una idea un tanto equivocada de las habilidades que se requieren para manejar una empresa de manufacturas ligeras como esta –esbozó una mueca desdeñosa.

–¡Es injusto que me digas eso!

–¡En este edificio nadie me dice lo que tengo que hacer o decir! De hecho, creo que en las presentes circunstancias, me he mostrado admirablemente contenido. Tenías que seguir a Rob como si fuera una sombra y, en lugar de ello, te encuentro besuqueándote con un tipo en tu escritorio. Supongo que ya te habrás cansado del equipo de fútbol...

—No estaba haciendo eso que dices. Y el señor Monroe... Rob... está enfermo —sacudió la cabeza, recordando de pronto lo que le había dicho—. ¿El equipo de fútbol?

Un músculo latió en la mandíbula de Rafael.

—¿Quién te ha dado esta porquería? —recogió uno de los documentos de la pila que tenía sobre la mesa.

Libby ignoró la pregunta.

—¿Por qué? ¿Piensas avasallarla a ella también, como has hecho con Jake? —ciertamente no le caía nada bien la subordinada de Rob, pero tampoco estaba dispuesta a exponerla en la línea de fuego de Rafael Alejandro.

—¿Has dicho avasallar? —se la quedó mirando, incrédulo.

—Ya me has oído —alzó la barbilla. Distinguió un oscuro y peligroso brillo en sus ojos y tragó saliva, humedeciéndose los labios repentinamente resecos con la punta de la lengua.

—Continúa, por favor. Me fascinas.

—¿Quieres saber cuál es mi definición de la palabra?

Rafael arqueó las cejas con expresión interrogante al tiempo que cruzaba los brazos sobre el pecho.

—Estoy seguro de que vas a decírmelo.

—Alguien que avasalla a otro es alguien que intimida y humilla a alguien que no se encuentra en situación de defenderse —pudo ver cómo iba palideciendo por momentos—. ¡Y sus víctimas preferidas son gente que no sabe o no puede luchar!

—Nada… —masculló Rafael, apretando los dientes— nada me habría gustado más que ese tipo amigo tuyo me hubiera lanzado un puñetazo...

–Mi amigo es un caballero... ¡pero el puñetazo te lo habría dado yo! De hecho, debería hacerlo ahora mismo. Me encantaría saber lo que dijiste para que media plantilla de esta empresa pensara que si estoy trabajando aquí es porque tú... porque nosotros... –el rojo de sus mejillas evolucionó casi al violeta y sacudió la cabeza–. No importa.

Rafael bajó el documento que había recogido antes y se dedicó a hojear los demás que estaban sobre su escritorio. Frunció el ceño, distraído.

–¿Qué es lo que no importa? –se volvió de nuevo para mirarla, con expresión interrogante.

Libby suspiró, arrepentida de haber sacado el tema a colación.

–Piensan que nos acostamos juntos.

El brillo sardónico de sus ojos se desvaneció de golpe.

–¿Quién te ha dicho eso?

–Nadie me ha dicho nada, pero se percibe en el ambiente.

–Es una paranoia tuya –dijo mientras recogía una taza de cartón vacía del escritorio, la estrujaba entre los dedos y la lanzaba a la papelera.

–¡No es ninguna paranoia!

–Así que temes que tu amante piense que te acuestas con otro hombre.

Libby reaccionó a la pulla inmediatamente, sin pensar:

–Jake no es mi amante.

Una lenta sonrisa se dibujó en los rasgos de Rafael.

–Me alegra saberlo, porque no tengo por costumbre compartir a mis mujeres.

–¿Tienes idea de lo ridículo que suena eso? Ya sé que llevas un Neanderthal dentro, pero... ¿has dicho mis mujeres? ¿Me consideras a mí una de ellas? Incluso aunque eso me gustara, difícilmente podría sentirme especial teniendo que compartirte a ti con tantas, ¿no te parece? ¿De qué te sonríes ahora? –le preguntó, desconfiada.

–Yo también me he sentido muy frustrado –admitió de golpe.

Libby volvió a ruborizarse mientras sacudía la cabeza.

–Te engañas a ti mismo. ¿Sinceramente piensas que cada mujer que se cruza en tu camino tiene por fuerza que desearte?

–Bueno, tú te cruzaste en mi camino... y por poco me matas.

–Te encanta recordármelo, ¿verdad?

No hacía falta que lo hiciera. Su mente había recordado y grabado para siempre cada segundo del tiempo que había pasado con él, junto con algunos otros que no habían tenido lugar... ¡todavía! Consciente de ello, reprimió un gemido de horror y bajó la mirada.

–¿Quieres dejar de mirarte los zapatos y mirarme a mí?

–No.

Los labios de Rafael dibujaron una reacia sonrisa.

–Pareces una niña enfurruñada. Escucha –se pasó una mano por el pelo mientras se le acercaba–. Ninguno de los dos ha elegido esto, pero el caso es que ha sucedido.

–No ha sucedido nada.

Poco inclinado como era a adornar los hechos con bellas palabras, abrió la boca con la intención de decirle una frase del tipo «quiero tener sexo contigo», pero al final no lo hizo. En lugar de ello, se oyó a sí mismo pronunciar:

–Me gustaría conocerte mejor.

Solo entonces lo miró Libby. El asombro que reflejó su expresión ni siquiera se acercó al que él mismo estaba sintiendo. Por alguna ignota razón, acababa de dar voz a inconscientes pensamientos que hasta el momento le había resultado más cómodo ignorar, pero que habían terminado aflorando.

Sin que se hubiera dado cuenta de ello, su interés por aquella mujer había sobrepasado el plano físico. No solamente había despertado en él un deseo primario, sino que además se le había metido en el alma.

–Eso es porque estás interesado en mi mente... no en mi cuerpo.

Rafael le lanzó una impaciente mirada.

–Ya. Y ti mi cuerpo tampoco te interesa nada, supongo –se soltó el botón de la chaqueta y, con una sonrisa burlona, abrió los brazos.

Una distraída expresión se dibujó en el rostro de Libby mientras se veía incapaz de rechazar la tácita invitación de su gesto. Ese fue su primer error: mirarlo. El siguiente fue permitirse imaginar el pecho duro y bronceado que se adivinaba bajo aquella camisa de seda.

Estaba horrorizada. Nunca antes había experimentado semejante fascinación por el cuerpo de un hombre. Estaba terriblemente enfadada consigo misma por ser tan débil, y con él por mostrarse tan condenadamente seguro de sí mismo.

–¿No te gusta lo que ves?

–Veo a un hombre que tiene un serio problema de autoestima.

Su sarcástico comentario le arrancó una carcajada.

–Mira, lo cierto es que existe una química entre nosotros.

El propio Rafael sabía que «química» era una palabra patéticamente inadecuada para describir el deseo que lo había arrasado desde la primera vez que puso los ojos en ella.

—Sabes que me siento atraído hacia ti.

Libby volvió la cabeza, avergonzada de la punzada de excitación que sintió en el vientre.

—Y no finjas que el hecho de saber eso no te excita —añadió él.

—Puede que exista esa... química —admitió ella, pronunciando la palabra con disgusto—. Pero tengo cerebro, ¿sabes? —no tenía ningún sentido mencionar que ese órgano no le estaba funcionando en ese momento—. Entre nosotros no sucederá nada. Porque incluso aunque quisiera, no podría...

—¿Por qué? Yo no veo nada que pueda impedirnos disfrutar de una relación sexual.

Libby soltó una carcajada mientras se esforzaba por aparentar tranquilidad.

—¿Y si yo no quiero acostarme contigo?

—Eso no es verdad.

—Incluso aunque quisiera tener una aventura contigo, yo nunca podría acostarme con el hombre a quien mi familia considera responsable de...

—Yo no quiero acostarme con tu familia, sino contigo.

Libby reprimió el pueril impulso de dar un pisotón en el suelo.

—¡Pero ese sería como dormir con mi enemigo! —la incapacidad de Rafael para comprenderla resultaba frustrante... casi tanto como mirar su boca y no poder besarlo—. Yo nunca podría hacerles eso... Bastante tengo ya con la manera en que me miran ahora —reflexionó, suspirando—. Imagínate que... —se estremeció solo de pensar en lo traicionados que se sentirían—. ¡Imagínate que se enteran! ¡Me moriría si eso llegara a saberse! —cosa que sabía que inevitablemente ocurriría.

No era que Rafael fuera aficionado a anunciar a bombo y platillo detalles de su vida personal. Pero nunca antes se había encontrado con una mujer que sintiera vergüenza de que se supiese que compartía su cama.

—¿Qué le has contado a tu familia?

—Les he contado algo, pero no todo —admitió—. Todavía no saben que podrías no cerrarles la empresa.

—¿No lo saben? —inquirió, asombrado.

—No. Quizá reaccionen bien cuando se lo diga, pero ahora mismo no podría asegurarlo. No después de la reacción que tuvieron cuando les dije que estaba trabajando para ti. No sé, no me pareció prudente contárselo todo de golpe.... y arriesgarme a estropear el plan.

—Pero si precisamente estás intentando salvarlos.

—Puede que ellos no lo vean así.

—Así que les mentiste.

—Es lo que tienen las mentiras y las medias verdades: una vez que empiezas, es difícil dejar de decirlas.

Lo miró, ceñuda. Para ser un hombre que sabía esconder tan bien sus sentimientos, en aquel momento no lo estaba haciendo en absoluto. No necesitaba acercarse a él para certificar que estaba inexplicablemente enfadado. Furioso.

—Tranquilízate. No pienso convertirme en el secreto pecaminoso de una mujer, de manera que ya puedes dar por cerrado el tema de nuestra hipotética aventura.

La presión había desaparecido, con lo que debería sentirse contenta... pero no era así en absoluto. De manera perversa, en el preciso instante en que Rafael se retractó de su oferta, casi inmediatamente antes de que la puerta se hubiera cerrado a su espalda, Libby tomó conciencia de lo mucho que había anhelado aceptarla. De lo mucho que había ansiado haberse dejado persuadir, arrojar por la borda toda precaución... y ser egoístamente irreflexiva.

Capítulo 12

LIBBY se calzó los deportivos y guardó los zapatos de tacón en el bolso. Siempre iba con el tiempo justo y, como ya sabía por experiencia, los retrasos imprevistos podían significar perder el tren y llegar tarde a casa.

El retraso imprevisto de aquella tarde era la alta y despampanante rubia, la amante de Rafael. En dos ocasiones desde que había empezado a trabajar en el edificio, se había cruzado con ella en algún pasillo. Esa vez no tuvo la opción de pasar corriendo de largo a su lado: en sus prisas, chocó contra ella. Como resultado, a la mujer se le cayó su carísimo bolso... cuyo contenido quedó regado por el suelo.

—Oh, lo siento muchísimo —balbuceó Libby, arrodillándose de inmediato para recoger sus cosas.

—No te preocupes —dijo Gretchen, abriendo el bolso para que Libby lo fuera metiendo todo—. No, el lápiz de labios va en ese compartimento, y los pañuelos en el otro... estupendo, gracias.

La amable sonrisa que le lanzó la llenó de asombro.

—Precisamente estaba esperando la oportunidad de poder hablar contigo fuera de la oficina —añadió la mujer—. Sé que la primera vez que nos vimos debiste de pensar que era una grosera y una gritona, que ya sé que lo soy... bueno, al menos lo de gritona, sí —miró la cara que había puesto Libby y se echó a reír—.

No tienes la menor idea de lo que estoy diciendo, ¿verdad?

Libby negó con la cabeza, esforzándose por reconciliar la imagen mental que tenía de la escultural rubia que la había ignorado olímpicamente con aquella mujer cálida y vital.

–Yo creía que alguien te había puesto al tanto de la situación, y lamento no haberme podido explicar en su momento. Padezco lo que los médicos llaman trastorno obsesivo-compulsivo, y dos de mis peores pesadillas son mancharme y llegar tarde. Pero la mayor parte del tiempo me las arreglo para llevar una vida normal.

No sabiendo qué responder a aquella confidencia, Libby murmuró incómoda:

–Lo siento...

–Oh, no lo sientas, no te imaginas lo bien que estoy. El psiquiatra al que me hizo ir Rafael es simplemente fan... –sacudió la cabeza–. Pero basta de hablar de mí. Me alegro de haber coincidido contigo. Ah, y ya me he enterado de lo que pasó.

Libby sintió que el estómago le daba un vuelco. A esas alturas, ¿se habría enterado todo el edificio de la discusión que había tenido con Rafael? La rubia se apresuró a palmearle cariñosamente una mano.

–No te preocupes. No eres la única a la que ha tratado así.

–Bueno es saberlo –¿significaba eso que Rafael proponía indiscriminadamente aventuras a toda la plantilla o solo a sus miembros femeninos?, se preguntó, reprimiendo una carcajada histérica.

–Tiene esa manía de no mezclar las cosas personales con el trabajo. Y esa tolerancia cero a las relaciones y aventuras en la oficina. Sí que fue mala suerte que entrara y te sorprendiera con tu novio.

–No es mi novio.

–¿De veras? –arqueó una ceja–. No es propio de Rafael apresurarse a sacar conclusiones, la verdad, aunque después del mal humor que ha exhibido durante la tarde, me creo cualquier cosa. Espero que no te fastidiara mucho. Acuérdate: no eres la única. En otras ocasiones hasta se ha molestado conmigo por las llamadas que recibía de mi pareja, Cara, lo cual indudablemente es ir demasiado lejos...

–Cara, bonito nombre –de repente tomó conciencia y abrió mucho los ojos–. Una chica, entonces eres... Oh, perdona...

–No te preocupes –rio Gretchen, mientras Libby se ruborizaba–. Suele pasar. Hay gente que incluso piensa que Rafael y yo estamos juntos.

–¡Increíble! –suspiró de alivio.

–A veces pienso que si me dio el trabajo fue precisamente porque sabía que no existía posibilidad alguna de que me enamorara de él. Bueno, ya lo has visto, así que no necesito decirte cuántas mujeres se mueren por sus huesos.

–No... sí... Quiero decir que... Bueno, a mí no me parece tan atractivo –Libby cerró los ojos y pensó: «¡por favor, que me muera ahora mismo!».

–¿Ah, no?

–No –insistió, ruborizándose. ¿Realmente las mujeres del mundo se dividirían en dos categorías? ¿Las que se enamoraban de Rafael y las que eran lesbianas?–. Y no es que no me gusten los hombres. Me gustan, pero no los que... –juzgando que había llegado el momento de escapar de la trampa en la que ella misma se había metido, miró su reloj y le dijo a Gretchen que tenía que marcharse corriendo si no quería perder su tren.

Mientras corría por el pasillo, todavía oyó a la rubia gritar.

—Ah, a propósito... ¡Yo también adoro la bollería casera!

Una vez fuera, Libby se encogió de frío debajo de su fino abrigo. La temperatura había descendido varios grados y el viento mordía literalmente. Volvió a mirar su reloj y se puso a trotar. No oyó acercarse el coche hasta que se detuvo justo a su lado.

Rafael se estiró para abrirle la puerta. Libby, con el corazón martilleándole el pecho, se lo quedó mirando de hito en hito.

—Llevo prisa. Mi tren...

—Sube.

Libby se sorprendió a sí misma obedeciendo la lacónica orden sin la menor protesta.

—¿Cuánto tiempo tardas en llegar a tu casa en tren?

—Depende de si llega a tiempo o no —se preguntó por qué diablos estaban teniendo aquella conversación—. Y si no pierdo el primer trasbordo y...

—Yo puedo dejarte en casa mucho antes.

—Sí, podrías —repuso sin aliento—. ¿Pero por qué deberías hacerlo?

—¿Acaso no soy un tipo amable y considerado?

Libby no respondió a la ironía, ni reparó en el brillo de sus ojos: demasiado ocupada estaba con una tarea tan sencilla como respirar. Su imaginación corría desbocada. ¿Pretendería repetirle la proposición que le había hecho en la oficina? Solo de pensarlo se le secaba la garganta. ¿Se le presentaría la oportunidad de cambiar de idea? ¿De hacer el más completo de los ridículos?

Rafael enarcó una ceja y estudió su tensa expresión. El fuego interior que siempre percibía tras su serena fachada parecía acercarse a la superficie.

—¿No lo soy? —impaciente, añadió—: En todo caso,

¿qué importa? El hecho es que estoy dispuesto a dejarte sana y salva en casa. Garantizarte que llegas bien y a tu hora, o incluso algo antes.

—Detecto un «pero» en esa frase —replicó Libby. También oía campanas de felicidad, pero ese era un sonido que prefería ignorar.

—Abróchate el cinturón —Rafael se abrochó el suyo al tiempo que le lanzaba una mirada irritada—. Si seguimos aquí parados, me pondrán una multa. Y no hay ningún «pero».

Escrutó el rostro de Libby, leyendo el escepticismo en sus ojos y reparando en sus profundas ojeras. Aunque él no era el responsable directo de aquella apariencia de cansancio, su instinto de protección se despertó. Aquella mujer tenía algo capaz de provocarle todo tipo de respuestas emocionales.

—Incluso te quedará algo de tiempo para cenar conmigo —pensó que parecía incluso haber perdido algo de peso.

—No tengo hambre.

—¿Cuántas comidas te has estado saltando últimamente? Estás trabajando muy duro.

—Pero tú dijiste...

—Olvídate de lo que dije. Obviamente estás comiendo fatal.

—¡Como perfectamente! —protestó ella.

—Me lo creeré cuando lo vea —repuso él con tono suave.

Sacudiendo la cabeza, Libby se dispuso a desabrocharse el cinturón.

—Tomaré el tren —maldijo en silencio el temblor de sus dedos—. No debería haberte hecho caso. ¡Qué idiota soy! ¿Cómo iba a saber que querías hacer tu buena obra del día conmigo?

—Quédate quieta.

Si obedeció la orden fue porque no habría podido resistirse. No habría podido moverse de allí ni aunque su vida hubiera dependido de ello, por la sencilla razón de que la estaba tocando. La estaba tocando y ella se había olvidado hasta de moverse.

Bajó la mirada a su mano grande y morena apoyada sobre su regazo, donde le había inmovilizado las muñecas. El leve movimiento de su pulgar en la piel no podía excitarla más.

–¡Dios, estás temblando!

Aturdida por su cercanía, abrumadoramente consciente del limpio y masculino aroma de su cuerpo, cerró los ojos.

–¿Qué te habías pensado, Libby? ¿Por qué creías que te pedí que subieras al coche?

–¿Pedir? No me has pedido nada, me lo has ordenado.

–No intentes despistarme. Responde, Libby.

–¡Está bien! –estalló, incapaz de soportar la presión de sus preguntas–. Si quieres saberlo, pensé que ibas a proponérmelo otra vez... aquello que me dijiste en la oficina –escondió el rostro entre las manos–. Creía que ibas a pedirme que me acostara contigo –murmuró.

–Y si lo hubiera hecho... ¿cuál habría sido tu respuesta?

Libby alzó la cabeza para mirarlo recelosa. El ávido brillo que distinguió en sus ojos la dejó sin aliento. La mezcla de excitación y entusiasmo que empezaba a correr por sus venas casi le impedía pronunciar las palabras.

–Te habría dicho que sí –admitió.

–Entonces te lo pido ahora.

Tragando saliva, volvió a mirarlo. Temblaba febrilmente, pero su voz era firme cuando contestó:

–¡Sí!

Para entonces, la cautelosa voz racional de su conciencia había callado: lo único que Libby podía escuchar era el ansia que rugía en sus venas como un voraz incendio. No sabía si la decisión era acertada pero, por encima todo, no le importaba.

–No me mires así o puede que no lleguemos nunca a mi apartamento –gruñó él antes de arrancar el coche–. Haces que me comporte con tanta torpeza como un adolescente –ni siquiera se dio cuenta de que estaba hablando en español–. Pero no seré tan torpe en la cama, querida. Te lo aseguro.

No intercambiaron una sola palabra durante el corto trayecto hasta el edificio de apartamentos donde Rafael ocupaba un ático de lujo. Hasta entonces, había tenido la sensación de que todos los semáforos conspiraban contra él.

Para Libby, sentada en silencio a su lado, el viaje había transcurrido como en una neblina. En aquel momento renunció a todo intento de racionalizar lo ocurrido para concentrarse en los aspectos prácticos de la situación. Acababa de recibir una invitación a acostarse con un hombre altamente experimentado en cuestiones de sexo. El tema no había surgido, pero Libby estaba segura de que no esperaba llevarse a una virgen torpe e inexperta a la cama.

¿Debería advertírselo o debería callarse? Si se lo decía... ¿se largaría corriendo? No tenía ni idea, lo cual era normal, ya que apenas lo conocía. Por fin renunció a encontrar lógica alguna en sus decisiones, porque evidentemente no había ninguna.

Cuando la puerta del ascensor se abrió directamente al apartamento, Libby no se atrevió a salir. La paciencia de Rafael llegó al límite. Hasta ese momento ella no había dicho una sola palabra, y ahora se quedaba allí quieta, como una mártir a punto de ser arrojada a los leones.

—¿Qué pasa?

—Nada —sacudió la cabeza—. Es que... ¿hay alguien en casa?

—No, vivo solo. No tengo a nadie interno. No necesito criados, si es eso lo que quieres decir.

—Oh —salió por fin del ascensor, entrando en el inmenso espacio diáfano del ático—. Alguien me dijo en la oficina que tenías un castillo que había pertenecido a tu familia durante generaciones. Yo pensé...

—Ya, pensaste que necesitaba a alguien que me pusiera la pasta en el cepillo de dientes. Yo no me crie en ningún castillo. Ni siquiera en una casa, sino en una serie de... —se interrumpió—. Digamos que mi estilo de vida era más bien nómada. El castillo era de mi abuelo. Yo ni siquiera lo conozco. Nunca llegué a visitarlo.

—Nómada... eso suena muy romántico.

El ingenuo comentario le arrancó una amarga carcajada.

—Pues no lo fue —le espetó, brusco—. Para cuando cumplí los doce años yo había vivido en cinco países de Sudamérica, y te aseguro que eso no tuvo nada de romántico —se interrumpió, viendo la asombrada expresión de Libby—. No fue ni romántico ni pintoresco, aunque sí que fue una buena escuela de supervivencia.

La curiosidad de Libby se secó en el instante en que él se volvió hacia ella y le preguntó con toda naturalidad:

—¿Te apetece beber algo o prefieres que vayamos directamente al dormitorio?

Negó con la cabeza; la pulsión de deseo que la había llevado hasta allí se había evaporado.

–Eso suena tan... frío.

–¿Qué esperabas? –pareció sorprendido por su comentario–. ¿Pétalos de rosa en la cama?

Sus palabras le provocaron una punzada de dolor, ya que siempre había pensado que su primera vez sería especial.

–No sé lo que había esperado –admitió, mordiéndose el labio y detestando que se estuviera comportando como una virgen asustada.

«Es que eres una virgen asustada», le recordó una voz interior. Rafael parecía dar por seguro que ella compartía su afición a disfrutar del sexo por el sexo... cosa que no era cierta en absoluto.

–Mira, lo siento –dijo de pronto Rafael, esforzándose por ver la situación desde su punto de vista. Él no salía con mujeres que concedieran importancia a los rituales de cortejo–. Si te parezco que... Nada me gustaría más que pasar la noche entera contigo, pero tú misma has fijado las reglas y yo quería aprovechar al máximo el tiempo de que disponemos. Porque, si te soy sincero... me estás volviendo loco de deseo.

Reconociendo aquel intento por ponerse en su lugar, Libby, se relajó un tanto. Además de que resultaba increíblemente halagador que un hombre tan sumamente sexy le confesara aquellas cosas.

–Tómatelo como si fuera... sexo de compensación, como se suele llamar –le sugirió él–. Sexo para desahogar tensiones entre amantes.

Aquello la llenó de asombro.

–Detesto parecer quisquillosa, pero... para eso tendríamos que haber sido amantes y haber practicado sexo con anterioridad. ¿O es que ya lo hemos hecho y yo me he olvidado?

–Oh, desde luego que no te habrías olvidado, querida –su ronco ronroneo, cargado de promesas, le provocó una oleada de calor por todo el cuerpo. Acto seguido, se inclinó hacia ella para susurrarle, acariciándole la oreja con su aliento–: También podemos llamarlo de otra manera... Sexo para compensar el tiempo perdido, por ejemplo.

Se quedó paralizada mientras sentía sus dedos en la nuca. El corazón le martilleaba con fuerza. Se le secó la garganta. Literalmente sufría de necesidad. Se humedeció los labios nerviosamente con la lengua, atrayendo de esa forma su ávida mirada color canela hasta su boca.

Nada preparó a Rafael para la punzada de ternura que se mezcló con el deseo abrasador mientras contemplaba su rostro, devorando la delicada perfección de sus rasgos. Vio que parpadeaba varias veces hasta cerrar los ojos, conforme él se acercaba hasta acariciarle los labios con los suyos.

Libby perdió el aliento y volvió a abrir los ojos justo cuando sintió sus dedos soltando las horquillas que le sujetaban el pelo. Rafael se apartó entonces para contemplar a placer aquella gloriosa melena derramada sobre sus hombros, tal que una nube de seda.

Ya no estaba asustada. Lo que significaba que, definitivamente, había perdido el juicio. Un ronco gruñido de aprobación brotó de la garganta de Rafael, que continuaba observándola admirado.

–Pura seda –pronunció, deslizando los dedos entre sus brillantes ondas–. Dios, llevaba toda la vida queriendo hacer esto...

–Pero si solamente hace tres semanas que nos conocemos –protestó ella al tiempo que pensaba: «deja de hablar y bésame de una vez»

Y lo hizo. El beso no empezó lenta y tentativamente: fue una explosión. Rafael le entreabrió los labios con implacable eficacia y deslizó profundamente la lengua en el interior de su boca. Al primer contacto, las pocas dudas que pudieran quedarle a Libby desaparecieron. Jadeó mientras sentía el fuego estallar por todas partes, barrer su cuerpo en oleadas. Soltó un ronroneo de aprobación mientras le echaba los brazos al cuello, y le devolvió el beso con igual pasión.

Ni una sola vez durante aquel frenético beso se acordó de que era virgen. Solo pensó: «más», y cerró los ojos para olvidarse del resto. Podía hacerlo. Estaba besando bien, de hecho: ¿quién lo habría pensado?

Cuando Rafael se apartó por fin, fue para levantarla en brazos. Sosteniéndola fácilmente con una sola mano, le apartó el cabello de la cara con la otra para descubrir su rostro ruborizado de pasión.

—Eres preciosa.

El tono maravillado de su voz la sorprendió. Le parecía milagroso que pudiera afectar tanto a un hombre así, hacer que la deseara.

Ante la mirada de aquellos enormes ojos azules, Rafael sintió que algo en su interior se aflojaba, se disparaba. Sin intentar siquiera identificar aquel nebuloso sentimiento, deslizó un dedo por la delicada curva de su mejilla, fascinado por la textura de su piel sedosa. Fascinado por toda ella. La deseaba como nunca había deseado a ninguna mujer.

—Y tú.

Rafael sonrió, deteniéndose cuando ella giró la cabeza y le lamió el dedo. Lo oyó contener el aliento y esbozó una sensual sonrisa.

—Sabes muy bien. ¿Vas a llevarme a la cama?

—Esa es la idea —admitió con voz ronca—, pero si sigues así, no creo que lleguemos tan lejos… —atravesando a toda prisa la habitación, abrió la puerta del dormitorio con el pie.

Hipnotizada por el fuego de la pasión que ardía en

sus ojos, Libby enterró la cara en su cuello. Rafael retiró el edredón con una mano y la tumbó en la cama. Inclinándose sobre ella, la besó lenta, meticulosamente.

–Mira, creo que debería decirte... –le confesó ella en un impulso– que no soy tan buena en la cama.

–Me gustan los desafíos.

«Bueno, que conste que se lo he advertido», pensó, y arqueándose contra él le echó los brazos al cuello. Enterró los dedos en su pelo, para protestar poco después cuando él se apartó para levantarse.

El brillo de alarma que Rafael había vislumbrado en sus ojos azules se fue apagando conforme se despojaba de la chaqueta y de la camisa. Ella lo observaba casi jadeando mientras veía cómo la tela se abría para revelar su torso bronceado, oscurecido por un fino vello.

El voluptuoso suspiro de placer que escapó de sus labios hizo que la mirara a los ojos. Con su melena rojiza toda despeinada y derramada sobre la almohada, parecía una fantasía hecha realidad.

Excepto por la ropa. El pensamiento de despojar a aquel ángel sensual de toda aquella ropa impregnaba de una extremada urgencia sus actos. Sintió torpes los dedos mientras se desabrochaba el cinturón. El hecho de que lo estuviera observando, la perspectiva de que se estuviera excitando solo de verlo, incrementaba insoportablemente el nivel de su deseo. Fue un verdadero alivio cuando por fin pudo quitarse el pantalón.

Libby tenía el corazón en la boca cuando él se reunió con ella en la cama. Llevaba únicamente sus boxers, que poco hacían para disimular la potencia de su erección. Deslizó una mano por un muslo, haciéndola estremecerse. Ella le acarició entonces el pecho, apoyando la palma plana contra su piel caliente y dura, sintiendo la leve humedad de su sudor.

–Puedo sentir el latido de tu corazón.

Sin dejar de mirarla a los ojos, Rafael le tomó la mano y, cerrando los dedos sobre los suyos, procedió a guiarla por su cuerpo. Fue un lento recorrido descendente, que siguió la fina línea de vello que dividía su vientre plano para perderse bajo la cinturilla de sus boxers.

Fue entonces cuando apretó su mano contra el llamativo bulto de su erección... y le hizo cerrar los dedos en torno a su duro miembro, de tacto aterciopelado. Un gemido de anhelo brotó de la garganta de Libby al tiempo que un calor líquido comenzaba a correr entre sus muslos.

–¿Ves? Esto es lo que me haces –siseó él, y acto seguido negó con la cabeza–. No, aún no, querida –le subió de nuevo la mano para besársela–. Todavía no poseo el control necesario –le confesó, casi arrepentido.

Libby se le quedó mirando fijamente, con las mejillas encendidas. Apenas registró su comentario. De repente se sorprendió a sí misma anhelando decirle una simple frase: «te quiero». El esfuerzo que supuso reprimir las palabras le arrancó un gemido.

–No tendrás que esperar mucho –le prometió Rafael, besándola.

Se aferró a él, anegada por la marea de aquella pasión al rojo vivo. Abrió la boca para disfrutar de la erótica exploración de su lengua, retorciéndose cuando sintió sus manos sobre su cuerpo. Aquel hombre parecía saber exactamente dónde tocarla para provocar el mayor placer posible.

Lo oyó pronunciar su nombre, sintió su ardiente aliento en el rostro y en los senos, en la suave curva de su vientre, y se entregó a la pura y deliciosa magia de aquellas sensaciones. Ni siquiera se dio cuenta,

hasta que sintió la caricia del aire en la piel sobreca-
lentada, de que Rafael la había despojado de toda la
ropa, a excepción del sujetador y de la braguita.

Pensó por un instante en su sensual conjunto de
lencería roja, una caprichosa compra que había per-
manecido sin estrenar en el fondo de su armario, pero
segundos después se olvidó de todo cuando él se arro-
dilló frente a ella... y le quitó el sujetador.

Su gruñido de masculina aprobación le provocó un
entusiasmo salvaje, primitivo. Se inclinó para apode-
rarse de un sensible pezón y ella contuvo el aliento
mientras él proseguía la caricia con la lengua. Su go-
zoso grito se perdió en su boca cuando Rafael reclamó
sus labios una vez más.

Libby podía sentir cómo su cuerpo se quedaba sin
fuerzas mientras él procedía a bajarle delicadamente
la braguita. Rafael respiraba con fuerza mientras veía
a la hermosa mujer temblando de necesidad, con el rubor del deseo iluminando su piel cremosa.

–¡Dios mío! –murmuró en el instante en que ella
separó los muslos a modo de tácita invitación.

Sobrecogida por su propio atrevimiento, Libby
empezó a jadear cuando él deslizó la punta de un dedo
por la cara interior de uno de sus muslos. Cerró los
ojos con fuerza para concentrarse mejor en aquella le-
vísima caricia de pluma, con el dedo acercándose por
momentos a su húmedo calor.

–¿Esto es para mí, querida? –murmuró cuando al-
canzó el tenso y sensible nudo oculto bajo su rojizo
vello.

Libby sacudió la cabeza, muda, incapaz de hacer
otra cosa que reaccionar a su contacto mientras lo oía
pronunciar palabras en su lengua materna. No le hizo
falta comprender lo que estaba diciendo para encontrar
aquel delicioso sonido insoportablemente excitante.

El primer contacto de su piel desnuda contra la suya le arrancó a Libby una exclamación de asombro, pero no por ello se apartó, sino que intensificó la presión, buscando profundizar su contacto. El deseo crecía y crecía con frenética desesperación mientras sentía el pulsante sello de su erección contra su vientre.

Se arqueó hacia delante, deslizando las manos por su sudorosa espalda al tiempo que él se acomodaba mejor entre sus piernas. Fue entonces cuando, de un solo y fluido movimiento, entró en ella. Y Rafael supo que el recuerdo de su sorprendido grito de dolor lo acompañaría por siempre.

Por un fugaz segundo, su mente se vació mientras rechazaba la verdad. Las recriminaciones empezaron a acecharlo, pero logró mantenerlas a raya para disfrutar de aquel cuerpo que lo envolvía con su sedosa suavidad.

En cuanto a Libby, no había palabras que pudieran describir la sensación de tenerlo dentro de su ser, llenándola por completo.

–Eres tan... Oh, Dios mío, Rafael… –repitió su nombre una y otra vez.

–Relájate –intentó tranquilizarla, hundiéndose cada vez un poco más y sintiéndola jadear, luego suspirar. Se retrajo entonces, sintiendo cómo le clavaba las uñas en la espalda, y repitió el proceso, murmurando palabras cariñosas al tiempo que la sentía empezar a moverse con él.

Saber que era el primer hombre en regalarle aquel placer lo llenaba de un entusiasmo básico, primitivo. Decidido a que recordara aquella primera vez para siempre, refrenó su pasión, controlando cuidadosamente los embates de su cuerpo. Libby cerró los ojos y enterró la cara en el hueco de su cuello, sintiendo cómo aquel calor crecía y crecía hasta llenarla por completo. Y justo cuando pensó que no podía soportarlo más... todo explotó. Oyó la voz de Rafael susurrarle al oído:

—Adelante, ángel mío.

Y fue adelante, con todas sus fuerzas, hasta fundirse con el tremendo orgasmo que la barrió como una marea.

Rafael la sintió apretarse en torno a él, oyó el grito de placer que brotó de su garganta y sintió que su control cedía de golpe. Incapaz de esperar por más tiempo, se enterró hasta el fondo en ella y se dejó llevar por un demoledor clímax.

Capítulo 13

RAFAEL yacía jadeante, mirando al techo, A su lado, Libby descansaba acurrucada como un gatito, la cabeza apoyada sobre su pecho, una pierna cruzada sobre sus caderas.

—¿No se te pasó por la cabeza mencionarme que eras virgen?

—Sí que lo pensé —admitió.

—Pero decidiste no molestarte en hacerlo.

Esbozó una mueca ante su tono sarcástico mientras deslizaba las puntas de los dedos por su pecho. Rafael le capturó entonces la mano.

—No lograrás distraerme.

Libby seguía deseándolo. Y aquello, pensó mientras se apartaba, era precisamente lo más difícil. Algo en lo que no había pensado hasta ahora.

—Tengo que irme —le dijo, procurando permanecer tranquila y recordándose que Rafael no albergaba ningún sentimiento profundo por ella: solo era sexo. Y ya lo había conseguido.

Rafael continuó tumbado en silencio viéndola recoger la ropa regada por la habitación. De espaldas a él, empezó a abrocharse el sujetador con dedos temblorosos.

—No es así como debería ser la primera vez —comentó él de pronto, clavada la mirada en su delicioso trasero.

Su tono de insatisfacción hizo que Libby volviera la cabeza.

–¿Quieres que me disculpe? Siento haber sido tan pésima en la cama –enarcó una ceja–. ¿Satisfecho?

–¡No seas ridícula!

Libby se ruborizó mientras se ponía la falda. Sabía que su pueril respuesta había merecido la reprimenda. Rafael la observó forcejear por un momento con la cremallera, hasta que maldijo por lo bajo y se levantó de la cama para ayudarla.

–Permíteme.

Se quedó rígida mientras él le subía la cremallera.

–Yo no necesito disculpas. Necesito una explicación.

Libby reprimió una carcajada. Ahí estaba él, esperando su respuesta, un magnífico macho desnudo... ¡y ella que hasta tenía problemas para recordar su nombre! Parecía perfectamente cómodo con su estado de desnudez.

–Me extraña que te hayas reservado durante tanto tiempo para al final tener un rápido revolcón conmigo y marcharte sin más a casa –le dijo él. Si lo hubiera sabido, si ella se lo hubiese advertido... Se esforzó por enfadarse, pero no podía.

¿Cómo podía enfadarse cuando ella le había proporcionado el sexo más increíble que había experimentado jamás?

–¿Cómo fue tu primera vez? –le preguntó de pronto Libby, tragando saliva y apartando la mirada de su cuerpo desnudo. El simple hecho de mirarlo le provocaba una marea de ardor hormonal por todo el cuerpo. La intensidad de aquella reacción resultaba casi inquietante.

La miró sorprendido por su pregunta y frunció el ceño.

–Casi no me acuerdo –respondió, con la mirada clavada en su sujetador de encaje, al tiempo que le entregaba la chaqueta que había recogido del suelo–. Tienes un cuerpo precioso.

–Gracias, tú también… –procurando no mirarlo a los ojos, echó de menos la caricia de sus labios–. Debí haberte dicho que era virgen –admitió por fin–. Si no lo hice, fue porque pensé que podías tener una regla de comportamiento como la de la oficina, la de no mezclar el trabajo con el placer. En este caso, habría sido la de no acostarte con vírgenes…

–Me gusta contemplar todas las eventualidades. Pero esa no la anticipé en absoluto –le confesó a su vez Rafael.

Libby se acercó al espejo de la pared, aliviada de ver que se ponía unos tejanos que sacó de un estante del armario.

–Nunca había hecho esto porque siempre pensé que no podría tener sexo sin… sin amor.

–Pero conmigo has podido.

–Ha sido increíble –le confesó–. Y eso que tú ni siquiera me gustas.

Rafael se detuvo en seco cuando se estaba subiendo la cremallera del pantalón. Libby fue consciente de la inquieta expresión con que la miró.

–No te habré ofendido, ¿verdad? A veces digo cosas sin pensar, sobre todo cuando estoy cansada… –y se llevó una mano a la boca para ahogar un irreprimible bostezo.

Mientras la miraba, Rafael sintió que su furia desaparecía para dejar paso a algo peligrosamente parecido a la ternura. Aquella mujer era el mejor remedio que había conocido nunca para un ego tan inflado como el suyo.

–No, en absoluto. No tengo problema alguno en que me traten como un objeto sexual, fuera de las horas de la oficina –se puso una camisa y recogió las llaves del coche.

—¿Vas a llevarme a casa?

—Ese era el trato. Er… ¿Libby?

Ladeó la cabeza y lo sorprendió mirándola con una expresión casi imposible de interpretar.

—¿Te importaría que volviéramos a hacer esto?

Si su anterior comentario había lastimado su ego, el «sí, por favor» con que ella le contestó lo compensó sobradamente.

Aquella primera noche sentó la pauta de las siguientes. Al final de la jornada, Libby lo esperaba al pie de su coche. Rafael la llevaba a su apartamento y, una vez allí, se desnudaban a toda prisa y se metían en la cama. Todo era muy intenso. Libby se preguntaba si no sería porque ambos intentaban concentrar toda una noche de amor en unas pocas horas.

Rafael la desconcertaba. Libby había pensado que al final terminaría cansándose del arreglo para, conociendo su reputación, perder todo interés por ella. Pero no: de hecho, su apetito sexual parecía crecer cada día. Y ella tampoco había perdido el suyo. Una semana después de su primer encuentro, se había sentido tan consumida por el deseo, que ni siquiera había sido capaz de esperar a que él se desnudara.

Le había entrado un verdadero frenesí por tocarlo, por sentirlo. Ni siquiera se habían besado cuando lo tumbó en la cama y, arrodillándose frente a él, le bajó la cremallera del pantalón. Liberar su abultada erección y ver lo excitado que estaba la había vuelto literalmente loca de deseo.

No había resistido la tentación de saborearlo, de deslizar la lengua por su duro y pulsante miembro tal y como él le había enseñado, antes de metérselo en la boca. Cuando finalmente Rafael se hubo retirado para, después de subirle la falda hasta la cintura, entrar en ella, Libby había tenido un orgasmo tan rápido e intenso que había terminado sollozando.

Ella fue la primera sorprendida de lo que había hecho. Durante el resto de aquella semana, cuando se habían encontrado en el pasillo, no había sido capaz de mirarlo a la cara sin pensar que él estaba pensando en lo mismo que ella... No, Libby no había perdido ni el interés ni el apetito. De hecho, estaba enganchada. Enamorada. Y el descubrimiento le hizo mostrarse más inhibida. Porque temía que, en un arrebato de pasión, terminara confesándole de golpe sus sentimientos... lo que pondría punto final a su idilio.

Rafael había hecho antes regalos a sus amantes, pero siempre delegaba esa tarea en otra persona. Esa vez se aventuró a entrar personalmente en la joyería, sabiendo perfectamente lo que buscaba.

Y lo encontró. Había rechazado numerosas joyas antes de que le presentaran aquellos pendientes de diamantes y zafiros. Inmediatamente supo que a Libby le sentarían de maravilla. Los llevó en el bolsillo durante todo el día, imaginándose la alegría que se llevaría cuando se los entregara. Aquella fantasía duró justo hasta el momento en que ella abrió la caja... y se quedó pálida, consternada.

–¿Qué pasa? ¿No te gustan?

–Son preciosos, pero no puedo aceptarlos –cerró la caja y se la devolvió.

–¿Por qué no? –le preguntó él, incapaz de disimular su disgusto.

–Porque parece como si me estuvieras recompensando por... mis favores.

Rafael enrojeció de furia ante lo absurdo de aquel comentario. Se había esforzado por elegir aquel regalo y ella se lo arrojaba a la cara, esgrimiendo estúpidos principios…

—¡Yo no te estoy pagando por tener sexo!

—Así me lo ha parecido a mí, lo siento.

Estaba tan indignado, que pensó incluso en marcharse. Pero entonces Libby le soltó uno de aquellos originales comentarios que tanto lo fascinaban.

—Yo sería capaz de pagarte a ti —lo miró de pronto con expresión anhelante—. Me paso todo el día pensando… —se interrumpió, ruborizada— en las horas que estoy contigo.

—Olvídalo —repuso él, guardándose la caja en un bolsillo.

No volvieron a hablar del tema. A la noche siguiente Rafael le entregó una carpeta marrón con un documento dentro y la instrucción de no abrirla.

—Esto no es un regalo, sino el documento que te acredita como propietaria de la empresa de tu familia. No es ningún pago. Con ello simplemente cumplo con mi parte del trato.

—Pero ese no era el acuerdo que teníamos… Tú dijiste que si podía demostrar mis capacidades, me pondrías a su frente como directora.

—Creo que me entendiste mal —arqueó las cejas—. Yo siempre tuve la intención de deshacerme de esa compañía para entregártela a ti o a otra persona —se encogió de hombros—. A mí me es indiferente, pero en mi experiencia, cuando algo bueno te cae del cielo, es absurdo rechazarlo. ¿Has oído los rumores que corren por ahí sobre la forma en que hice fortuna?

—Sí, he oído algunos… —admitió.

—Bueno, lo cierto es que uno de los… amigos de mi madre se marchó de repente una noche, rompiéndole el corazón. Pasaron varios días antes de que yo encontrara la chaqueta que había dejado olvidada. En uno de los bolsillos había una piedra preciosa. Era un gran jugador de póquer, así que supuse que la habría ganado en alguna timba. Dudo que supiera lo que era. Yo, en cambio, había leído un libro sobre diamantes y pude reconocer su valor. Ahora pertenece a un oligarca rico que la mandó tallar. Quizá un día vuelva a comprársela.

—¿Así que te quedaste la piedra?

—Desde luego que no la llevé a la comisaría más próxima —se echó a reír—. Varios años después la hice tasar y la vendí por un buen precio. Para entonces mi madre había muerto, de modo que eso me permitió salir del agujero.

—¿Estabas solo?

—Estaba acostumbrado a cuidar de mí mismo.

—No puedo ni imaginar… —pronunció Libby, con el corazón desgarrado.

—Mejor que no lo imagines.

—Pero si yo acepto esto… —bajó la mirada a la carpeta— ¿significa que mi periodo de aprendizaje ha terminado?

—¿Crees acaso que te queda algo más que aprender?

—¡Por supuesto que sí!

—Entonces te sugiero que te quedes hasta que hayas aprendido todas las habilidades que pienses que necesitas.

Libby no sabía si se estaba refiriendo a la cama o la oficina. Pero, en cualquier caso, se sintió inmensamente aliviada de que aquello no acabara aún.

No eran todavía las nueve cuando su temprano desayuno de trabajo terminó por fin. Rafael regresó a pie a la oficina. Se encontraba a menos de cien metros del edificio cuando vio a Libby. El brillo de su melena llamó su atención.

Cambió de rumbo y la siguió al ver que se encaminaba hacia la cafetería. Por la ventana la vio dirigirse a una mesa vacía y ocupar su lugar en la cola. Se puso de buen humor ante la perspectiva de reunirse con ella.

Estaba a punto de hacerlo cuando vio a un hombre acercarse a ella. Alto y rubio, se inclinó para decirle algo, sonriendo. «El clásico ligón de cafetería», pensó Rafael, esperando a que Libby lo despachara. Pero no lo hizo. En lugar de ello, le sonrió y se puso a charlar con él.

Rafael se quedó donde estaba, maldiciendo entre dientes y luchando contra el impulso de entrar allí y darle a aquel joven su merecido. El problema era que no podía hacerlo… porque ella no era su mujer. Tenían un acuerdo, sí, pero no había nada que dijera específicamente que su relación era exclusiva.

Sacudió la cabeza. Se estaba comportando como si Libby estuviera besando al tipo, y no charlando amigablemente con él en la cola de la cafetería. ¿Qué diablos le estaba pasando? Estaba viviendo un sueño; estaba disfrutando del mejor sexo de su vida. Tenía una mujer hermosa en su cama, una mujer que no le presentaba ninguna complicación. Y, sin embargo, ahí radicaba precisamente la fuente de su descontento. Quería complicaciones.

Era un descubrimiento aterrador.

Capítulo 14

G RETCHEN?

Su secretaria alzó la cabeza, vio a su jefe plantado frente a ella y colgó el teléfono con un suspiro.

—De acuerdo, lo reconozco: era una llamada personal.

—¿Cara?

—Sí. Está un poco baja de ánimo.

—Trabaja en Meltons, ¿verdad?

—Trabajaba.

—Están despidiendo a mucha gente en estos tiempos. Así que anda buscando empleo. ¿Cómo le va?

Rafael no se sorprendió de que su secretaria se encogiera de hombros y respondiera, desanimada:

—No muy bien. Ha mandado un montón de solicitudes y, hasta ahora, nada. Si Cara, con el currículum que tiene, no puede conseguir un empleo... ¿qué posibilidades tienen los demás?

—Su especialidad es la tecnología de la información, ¿cierto?

—Fue la mejor de su promoción. Supercualificada.

—Nosotros estamos ampliando el departamento de tecnología de la información.

—Ya lo sé. Yo misma envié el anuncio a la prensa.

—¿Ha pensado Cara en solicitar un empleo en nuestra empresa? No puedo prometerte nada, pero...

Gretchen se quedó tan atónita, que casi tiró al suelo la perfecta fila de bolígrafos que siempre tenía sobre su mesa.

–¿Y qué pasa con tu regla antirrelaciones románticas en el espacio de trabajo?

–Es posible que la esté flexibilizando un tanto.

Una lenta sonrisa iluminó los rasgos de la secretaria.

–Si no te conociera mejor… diría que te has ruborizado.

–No tientes a la suerte… –sonrió Rafael.

Divertido, Rafael seguía oyendo las carcajadas de su secretaria mientras se alejaba por el pasillo. Y no dejó de sonreír durante todo el camino hasta el parque donde sabía que Libby comía su sándwich.

Al menos hasta que vio que no estaba sola ni comiendo. Estaba de pie bajo un gran castaño, rodeada por su padre y los que suponía formaban el resto de su familia. Se acercó sigilosamente, manteniéndose pegado a la línea de árboles, hasta que pudo escuchar la conversación. Era Kate Marchant quien estaba hablando.

–De modo que es cierto, entonces… no intentes negarlo. Te estás acostando con Rafael Alejandro. Eres su amante. Cuando Rachel nos contó que te había visto entrar en su piso, me sentí como si…

Desde donde estaba, Rafael vio a Libby sacudir la cabeza: no podía distinguir bien su expresión, pero no tuvo ningún problema en escuchar su respuesta:

–No, no lo estoy negando, mamá, por favor –suplicó–. No llores.

–¿Llorar? ¿Y qué esperabas que hiciera? ¿Aplaudirte? –gritó su hermano–. Libby, ese hombre… ¿cómo has podido? Después de lo que le pasó a Meg. ¿Es que has perdido el juicio?

–Lo que le pasó a Meg no es culpa de Rafael.

–¡Así que estás diciendo que fue culpa mía! –replicó airado.

Consciente de que dijera lo que dijera, Ed la culparía de haber dejado viajar a Meg, Libby intentó agarrarlo por un brazo:

–Yo no estoy diciendo que haya sido culpa de nadie… –lágrimas de dolor rodaron por sus mejillas cuando su hermano se apartó de ella como si tuviera la peste.

–¿Cómo pudiste traicionarnos de esa manera con el hombre que me arruinó? –le espetó entonces su padre.

–Tú no estás arruinado. Con el acuerdo de rescate de la empresa, todo el mundo conserva su empleo y tú conservas la casa.

–Y esperas que te esté agradecido. ¡Se nos permite quedarnos en la casa como arrendatarios en nuestro propio hogar, fiados a la caridad de ese hombre!

–Ya sé que es duro, pero…

–Tú no sabes nada, Libby. Ese presunto acuerdo de rescate… ¿no te has dado cuenta de que no es más que una cortina de humo? Esto no se trata de caridad. Ese tipo quiere acabar con nosotros. Es incapaz de admitir que se ha equivocado; por eso se ha inventado eso del acuerdo de rescate, para poder quedar como una especie de héroe ante alguien tan ingenuo como tú.

Mientras escuchaba su perorata, Libby empezó a enfurecerse por momentos. ¿Realmente creía su padre todo lo que estaba diciendo?

–Un hombre así no da nada sin recibir algo a cambio.

Libby se mordió el labio, esforzándose por mantener la calma.

–Mira, papá, yo no quiero haceros daño a ninguno

de vosotros –el corazón se le encogió mientras escrutaba sus rostros, reconociendo que sus palabras caían en oídos sordos.

Aquella emboscada no daba pie a explicaciones. Querían su arrepentimiento, su penitencia. Y Libby no podía darles ni una cosa ni la otra. Dos semanas atrás, una incluso, su reacción habría podido ser diferente, pero no ahora. No pediría disculpas, no dejaría que nadie convirtiera lo que tenía con Rafael en algo sórdido, y no participaría tampoco en su linchamiento moral.

–¿Que no quieres hacernos daño? –le espetó Kate Marchant, mirando a su hija con inusitada frialdad–. ¡Pues tienes una manera muy extraña de demostrarlo!

–Mamá, por favor…

Rafael dio un paso adelante. La voz angustiada de Libby era como un cuchillo hundiéndose en su pecho; parecía tan sola, tan indefensa…

–Al menos dinos que te avergüenzas de tu sucio secreto. Que te avergüenzas de haber traicionado a tu familia.

Aquellas palabras la hicieron detenerse. Con los puños cerrados, esperó su respuesta.

–Déjala, Ed, no es culpa suya. Es de ese hombre –intervino Kate Marchant–. Envenena todo lo que toca.

–Sí, me avergüenzo.

La sangre abandonó de golpe el rostro de Rafael. Intentó decirse que aquello no era más de lo que había esperado. ¿Por qué entonces le dolía tanto? Le habían rechazado antes y había sobrevivido. Libby alzó entonces la barbilla, orgullosa:

–Me avergüenzo de haberme avergonzado alguna vez. Me avergüenzo de haber pedido a Rafael que mantuviera en secreto nuestra aventura. Porque ahora no estoy avergonzada: estoy orgullosa. Él se merece alguien mucho mejor que yo. Nada de lo que pensáis sobre él es cierto. Es un hombre increíble, maravilloso.

–Madura de una vez, Libby –la amonestó su hermano–. Ese tipo te ha seducido. No te dejará ver su lado perverso, pero cuando se haya cansado de ti... ¡ya verás lo bueno que es! –volviéndose hacia sus padres, la acusó con el dedo–. Ese hombre le ha lavado el cerebro.

–Todo esto tiene que terminar ya –sentenció su padre, severo–. Tienes que prometernos que no volverás a verlo.

–No me pidas que elija entre vosotros y él, papá – le rogó Libby.

Rafael observaba la escena, expectante. Clavarse un cuchillo en el pecho habría sido preferible a asistir al dolor de Libby. La familia comenzó a retirarse, dándole la espalda. Se alejaron todos juntos, proporcionándose entre sí el apoyo que le negaban a ella.

Por mucho que detestara lo que habían hecho con Libby, Rafael sabía que tendría que hacer a un lado sus sentimientos personales si quería arreglar la situación.

–He traído el almuerzo, pero veo que ya has comido.

Libby contempló la alta figura que salió de entre los árboles, con una bolsa de papel en la mano. Su impulso inmediato fue lanzarse a sus brazos. Si no lo hizo fue porque temía que no los abriera para estrecharla contra su pecho, según la fantasía que se había imaginado.

–¿Desde cuándo te apetece comer al aire libre?

–Siempre estoy abierto a nuevas experiencias – miró la bolsa que llevaba–. Y esta es una experiencia completamente nueva para mí.

A Libby no le pasó desapercibida la extraña inflexión de su voz. Desvió la mirada hacia el banco vacío, donde los gorriones daban buena cuenta de los restos de su comida olvidada.

–Has oído la conversación, ¿verdad?

Rafael tragó saliva y asintió. Libby lanzó un mortificado gemido y bajó la cabeza.

–Se suponía que no deberías haberlo hecho –murmuró, triste.

–Yo no puedo ser la causa de que rompas con tu familia, Libby.

–No puedes detenerme, Rafael –sonrió, llorosa pero firme–. A no ser que me estés diciendo que quieres que lo nuestro… termine.

–La familias siempre es importante –era consciente de que ella tenía algo de lo que él carecía. No podía consentir que renunciara a ello.

Libby lo miró. Él era su familia. Era una lástima que no se diera cuenta.

–Ya sé que la familia es importante. Yo quiero a mi familia, Rafael, pero necesitaba que supieran…

–¿Que supieran qué?

–La verdad –respondió, bajando la mirada.

Rafael deslizó un dedo por la curva de su mejilla y le pidió con voz suave:

–Mírame, Libby…

Alzó por fin la vista.

–Estaban enfadados. No hablaban en serio y lo sabes. Tu familia te quiere.

Libby tragó saliva mientras le preguntaba en silencio: «¿y por qué tú no?». Pero desterró aquel ilusorio pensamiento. Tenía que conformarse y disfrutar con lo que tenía, sin aceptar nada más. Parecía fácil, y sin embargo, no lo era en absoluto.

–Ya sé que me quieren. Y yo los quiero a ellos –la

diferencia residía en que ella no pretendía pedirles que se lo demostraran.

–Si te distancias de tu familia, algo que quizá no ocurra hoy ni la semana que viene, pero si al final terminas distanciándote de ellos... llegará un momento en que me culparás a mí.

–¡Eso no es cierto! –negó con vehemencia.

–Ve a buscarlos, diles lo que necesitan escuchar, ponte de su lado. Yo ya me las arreglaré. Estaré bien.

–Pero nosotros no estaremos bien... –mortalmente pálida, se esforzó por disimular el temblor de su voz mientras añadía, ronca–: Así que me estás diciendo que no quieres que nosotros...

Rafael se pasó una mano por el pelo y se la quedó mirando como si hubiera perdido el juicio.

–¡Dios mío, por supuesto que no es eso lo que estoy diciendo!

–¿Entonces? –suspiró, debilitada de alivio.

–Diles lo que quieren oír, diles que has visto la luz y que yo soy el diablo en persona, y nosotros podremos seguir discretamente con lo nuestro.

–Que les mienta, quieres decir. Que me esconda en un rincón como si estuviéramos haciendo algo malo, ¿es eso? –se le quebró la voz cuando le preguntó, entristecida–: ¿Es eso lo que quieres?

Si eso era todo lo que él estaba dispuesto a darle, Libby estaba dispuesta a aceptarlo. Pero no sin intentar antes conseguir algo más. Retrocedió un paso para contemplar bien su rostro mientras se retorcía nerviosa las manos.

Rafael juró ente dientes y sacudió la cabeza, sin mirarla directamente.

–Por supuesto que no es eso lo que quiero –ansiaba gritar a los cuatro vientos que aquella mujer era suya–. Pero esta situación requiere un compromiso especial...

–¿Tú hablando de compromisos? –rio ella–. ¿Desde cuándo?

Rafael recorrió su rostro con la mirada, esbozando una sonrisa irónica.

–Desde que te conocí –reconoció con amargura.

Libby se quedó paralizada.

–No fui yo quien deseaba mantener en secreto nuestra relación –le confesó él–. Y por lo que a mí respecta, eso no ha cambiado. Quizá tus padres, con el tiempo…

–¡Con el tiempo tú te irás con otra mujer! –exclamó ella sin poder evitarlo.

Una expresión de absoluto asombro se dibujó en el rostro de Rafael.

–Eso no va a suceder. ¿Cómo puedes pensar algo así?

–¿Y cómo puedo no pensarlo? ¡No eres precisamente conocido por tu afición a las relaciones a largo plazo! Mira –añadió, esforzándose por mantener un mínimo de compostura–, yo no me estoy quejando. Tú nunca me engañaste. Nunca fingiste que esto era una cosa distinta de lo que es.

–¡Fui un imbécil!

Libby parpadeó de asombro ante el desprecio que destilaba aquella confesión. Rafael, el epítome de la frialdad, perdiendo la compostura.

–Eso que hiciste…

–¿A qué te refieres? –quiso saber ella.

–Lo que me entregaste, lo que estuviste dispuesta a hacer por mí… significa muchísimo… –volvió bruscamente la cabeza. Tragó saliva, emocionado. Segundos después, ya recuperado, añadió–: No tienes idea de cuánto significa todo eso para mí. Pero no puedo consentir que pierdas a tu familia por mi culpa.

–No la perderé. Pero a ti tampoco puedo perderte por su culpa, Rafael –alzando la barbilla, le confesó–: Te quiero… –al ver su consternada expresión, gruñó–: Oh, Dios mío, no pensaba decírtelo… y no pongas esa cara de horror, que no te lo repetiré. De verdad. Podemos seguir tal como estábamos y…

Un músculo latió en la mandíbula de Rafael.

–No. No podemos seguir de esa manera.

Libby se mordió el labio, que le temblaba.

–Ya está, entonces… –repuso, resignada. Pero, mientras lo miraba, experimentó un súbito y renovado impulso de rebeldía. No podía renunciar a algo tan maravilloso. No sin antes luchar por ello–. ¡No, no está! Deberías quererme, Rafael Alejandro, soy una buena persona y soy buena para ti, y un día te arrepentirás de haberme alejado de tu lado. ¿Me oyes?

El brillo de furia de sus ojos se apagó con la misma rapidez con que había surgido. Repentinamente agotada, desmadejada como una marioneta a la que de repente hubieran cortado los hilos, miró el dedo que sin darse cuenta le había clavado en el pecho.

–No va a pasar nada de eso –Rafael le tomó el dedo y, llevándoselo a los labios, se lo besó–. ¡Dilo otra vez!

–¿El qué? –la orden le hizo pestañear de asombro.

Tomándola de los hombros, la acercó lentamente hacia sí. El brillo ferozmente tierno de sus ojos la dejaba sin aliento.

–Que me quieres. Necesito oírtelo decir.

Libby estaba fascinada. La cabeza le daba vueltas. ¿Realmente estaba sucediendo todo aquello?

–Te quiero, Rafael –aclarándose la garganta, añadió–: Te amo de verdad, y…

El resto de su apasionada declaración se perdió en su beso. Teniendo su delicioso cuerpo en sus brazos, sintiendo sus dulces senos apretados contra su pecho… Rafael sintió que perdía los últimos restos de su autocontrol. Segundos después la apartaba para mirarla con conmovedora intensidad.

–Yo… –se interrumpió por un momento–. Te he echado de menos.

«Cobarde», lo acusó una voz interior. ¿Estaría dispuesto a dar aquel paso de gigante y pronunciar la palabra que podía cambiarlo todo? La palabra que significaría derribar muros que había empleado toda su vida en levantar, y que Libby había ido demoliendo ladrillo a ladrillo desde que irrumpió en su vida.

–Pero si me has visto esta misma mañana… –repuso ella, sorprendida, antes de bajar la mirada. Aquella había sido la primera mañana en que se había despertado en sus brazos. Había odiado el subterfugio que se había inventado para poder quedarse con él esa noche, pero había merecido la pena. Aunque al final, irónicamente, las mentiras no habían servido de nada, ya que su familia había terminado por enterarse.

Al menos no tendría que volver a mentir e inventarse excusas… Eso suponiendo que hubiera una segunda vez. La reacción de Rafael a su vehemente declaración de amor no había sido la que había temido, pero tampoco la que secretamente había esperado. La cabeza le dolía del esfuerzo de intentar comprender lo que estaba sucediendo.

–Quiero verte cada mañana.

Se lo quedó mirando fijamente, atónita.

–¿Me estás pidiendo que me vaya a vivir contigo?

–Yo… –con un gruñido frustrado, la acercó hacia sí–. No, no te estoy pidiendo eso. Lo que estoy intentando decirte es… el motivo por el que venía a buscarte… ¡Ven aquí!

Una Libby completamente asombrada obedeció la

imperiosa orden y dejó que la llevara de la mano al banco donde antes se había sentado a comer su almuerzo. Ignorando a las dos jóvenes que se habían sentado al otro extremo, le hizo tomar asiento.

Observó con creciente desconcierto que sacaba algo de la bolsa de papel, donde llevaba su comida.

–No tengo hambre, Rafael… –se le secó la garganta nada más ver la cajita de terciopelo que le mostraba–. ¿Qué es… eso? –no se atrevía a concebir esperanzas.

Rafael se pasó una mano por el pelo con gesto frustrado. Siempre había pensado que las mujeres tenían una intuición especial para aquellas cosas.

–Toma. Ábrela y míralo tú misma.

Le temblaba la mano cuando aceptó la caja. Lentamente, conteniendo la respiración, la abrió. Abrió desorbitadamente los ojos cuando vio, en su lecho de terciopelo, el precioso zafiro rodeado de diamantes.

Rafael la observaba tenso, expectante.

–Si no te gusta, puedo…

–Es un anillo precioso.

–Cásate conmigo, Libby.

Se llevó una mano a la boca. .

–¡Di algo! –le suplicó Rafael. Tomándole la mano, le puso el anillo–. Acéptalo, Libby. Acéptame.

Desde el otro extremo del banco, alguien dio una palmada de impaciencia.

–¡Por el amor de Dios, dile que sí!

Reaccionando, Libby se inclinó hacia él y le acunó el rostro entre las manos.

–Quiero decirte que sí –admitió–. Estoy completamente loca por ti, pero tengo miedo…

–Yo no, porque por primera vez no estoy asustado, Libby, y la culpa es tuya –le tomó las manos y se las llevó a los labios–. Estaba orgulloso de no necesitar a nadie –le confesó–. Tenía miedo de entregarme, de resultar herido… hasta que apareciste tú, tan valiente, tan cariñosa… –su abrasadora mirada recorría su rostro bañado en lágrimas–. Tú me lo has dado todo. Permíteme que yo te dé algo ahora a ti, Libby. Permíteme que te dé mi corazón.

Un desgarrado sollozo brotó de la garganta de Libby. Sabía bien lo mucho que le había costado pronunciar aquellas palabras.

–Sí, Rafael, me casaré contigo.

Capítulo 15

LA luz se filtraba por las contraventanas del dormitorio donde Libby había pasado la noche. Como el resto de las habitaciones de la bella casa de campo de estilo georgiano que Rafael había alquilado para la boda, estaba llena de flores fragantes y amueblada con exquisita elegancia.

Su única queja era que había pasado la última noche en aquella enorme cama… sola. Rafael, que se había revelado sorprendentemente tradicional al respecto, había abandonado el dormitorio pese a sus protestas. Aunque había amortiguado el efecto prometiéndole que aquella sería la última noche de su vida que dormirían separados. No daba crédito a lo maravillosa que era su vida. Perfecta… bueno, casi. Aquel «casi» proyectó una sombra de tristeza en sus ojos azules. La única nube de su horizonte era la llamativa ausencia de su familia en el día de su boda.

Cada intento por su parte de restablecer el contacto con ellos había sido ignorado, y el silencio había sido la única respuesta que había recibido a las invitaciones enviadas. Ante Rafael había intentado poner buena cara, consciente de que seguía considerándose responsable de la situación. Le había dicho que estaba segura de que al final la llamarían, pero con el transcurso de los días su optimismo se había debilitado.

Libby procuró hacer a un lado aquellos pensamientos mientras se recogía la larga cola de su precioso vestido, a punto de abrir la puerta para reunirse con sus amigas. En el último momento se detuvo para mirarse por última vez en el antiguo espejo de pie. Apenas se reconocía a sí misma. Se llevó una mano al corpiño de perlas, contenta de haberse dejado aconsejar por Susie, que había volado desde Nueva York para hacer de dama de honor. Le había asegurado que el vestido era perfecto para ella. Y no se había equivocado.

Decidida, abrió la puerta y pasó a la habitación contigua.

–¿Qué tal estoy?

Las dos mujeres interrumpieron la conversación y se volvieron al mismo tiempo hacia ella. Como ninguna dijo nada, Libby empezó a sentirse un tanto intranquila.

–Vaya, yo creía que me quedaba bastante bien… –intentó disimular su decepción tras una sonrisa forzada. Había esperado una reacción más positiva–. ¿Creéis que debería haberme dejado el pelo suelto? –se lo había recogido en un sencillo moño del que escapaban algunos rizos, que se balanceaban deliciosamente cada vez que movía la cabeza.

Para su sorpresa, Chloe, la otra dama de honor, se echó a llorar. Incluso los ojos de la dura Susie se humedecieron sospechosamente cuando le comentó, admirada:

–Cuando te vea Rafael… ¡se creerá que ha muerto y ha subido al cielo!

–Oh, Libby –exclamó Chloe–. Estás fabulosa… como un ángel sensual. Oh, no… se me ha corrido el rímel.

–No te preocupes, es a prueba de lágrimas –le aseguró Libby, halagada por tan enfática aprobación.

–La diadema es fantástica –Susie, vestida de rosa claro, admiraba entusiasmada el bello contraste de las perlas y diamantes con el tono cobrizo de su cabello–. Bueno, pues ya está. ¿Dispuesta para el gran momento?

Libby aspiró profundamente.

–Nunca en toda mi vida lo he estado más.

Un golpe en la puerta anunció la llegada del marido de Chloe, que había aceptado encantado su petición de llevarla del brazo hasta el altar.

–Vaya, Joseph –se burló Libby–. Hoy sí que te has acicalado bien…

Sonriendo, Joe se pasó una mano por el pelo untado de brillantina.

–Afortunadamente, con vosotras al lado, nadie se fijará en mí. Estás preciosa, Libby –le ofreció el brazo–. Todas lo estáis.

El corazón le latía a toda velocidad mientras se acercaba a las puertas abiertas de par en par del salón de baile, donde esperaban los invitados. De repente Joe se detuvo en seco, y Libby se le quedó mirando sorprendida hasta que vio salir figura de detrás de una columna.

–¡Papá!

Su padre sonrió y asintió con la cabeza a Joe, que se retiró de buena gana.

–Libby, querida, estás preciosa.

–Has venido… No puedo ponerme a llorar ahora… se me estropearía el maquillaje.

Chloe sacó entonces un pañuelo, que Libby aceptó con una llorosa sonrisa.

–Dudo que al novio le importe eso. Creo que ese hombre sería capaz de hacer cualquier cosa por ti,

Libby. Él nos hizo entrar en razón a todos, y le estoy agradecido por ello.

–Y yo haría lo que fuera por él –admitió ella, sin vacilar–. ¿Mamá está…?

–Ha venido todo el mundo, Libby.

La marcha nupcial comenzó a sonar en aquel preciso instante. Libby vivió un momento de pánico hasta que su padre la tomó del brazo y Chloe, siempre tan pragmática, le quitó el pañuelo usado de la mano. Detrás de ella, oyó a Susie exclamar por lo bajo:

–Cámaras, luces… ¡acción! ¡Entras en escena, Libby!

Sonrió a su padre y avanzó hacia las puertas abiertas. Todas las cabezas se volvieron a la vez cuando entró, su familia incluida. Libby les regaló una sonrisa agradecida antes de concentrar su atención en la alta figura que la esperaba al fondo. Sus miradas se enlazaron y, a partir de aquel momento, todo desapareció. Lágrimas de amor brillaron en sus ojos mientras caminaba hacia Rafael.

Más tarde, varios invitados comentaron admirados la dulce serenidad de la que había hecho gala la novia cuando pronunció sus votos. Unos pocos mencionaron, risueños, el temblor de emoción de la voz del novio y el brillo de orgullo que asomó a sus ojos en el instante en que le puso la alianza en el dedo. Todos convinieron en que la sencilla ceremonia había sido maravillosa.

Antes del almuerzo nupcial, Libby dispuso de unos momentos para reunirse con su familia. Fue un encuentro muy emotivo. No les preguntó por su repentina decisión de asistir, aunque tenía sus sospechas. Así se lo dijo a Rafael en un momento en que consiguió hablar a solas con él:

—Sé que tú has tenido algo que ver en esto —al ver que se quedaba callado, limitándose a lucir una enigmática sonrisa, añadió—: No sé cómo lo has hecho, pero gracias, Rafael —se puso de puntillas y lo besó en los labios.

Su radiante sonrisa lo dejó aturdido. Por enésima vez en aquel día, se dijo que era el hombre más afortunado que existía sobre la tierra.

—Me gustaría llevarme todo el mérito, pero la verdad es que conté con alguna ayuda. Meg ha sido mi aliada en esto. Digamos que ha estado trabajando desde dentro.

—Dios la bendiga.

—Mi papel ha consistido en seducirlos —sonrió—. Aunque he de reconocer que las cosas no salieron exactamente según lo planeado. Parecías tan triste cuando te dejé aquella mañana en el parque… Sé que dijiste que te sentías un poco nerviosa por lo de la boda, pero yo sabía que estabas pensando en tu familia. Cuando fui a buscarlos para entrevistarme con ellos, en todo el camino no pude quitarme de la cabeza la tristeza de tu mirada, así que mi predisposición no era muy buena: en vez de conciliador, estaba furioso. Pero, como dicen que el amor obra milagros, me convertí en el héroe de la situación, cuando podría haber sido el villano. Porque por muy enfadado que estuviera, no podía soportar que te hicieran tan desgraciada… y desaprovecharan al mismo tiempo la oportunidad de formar parte de las vidas de sus futuros nietos.

—Es gracioso que hayas dicho eso…

Rafael la miró arqueando una ceja.

—Lo de los nietos —precisó ella.

–Vaya, te has enfadado otra vez conmigo, ¿no? –suspiró–. Piensas que he ido demasiado lejos.

–No, no es eso. Verás, aquella mañana ya tuve náuseas, y ayer, cuando estaba con Chloe, pues… bueno, yo me decía que eran simples nervios pero ella… el caso es que me pasó un test y lo usé.

Rafael sacudió la cabeza.

–No te sigo.

–Un test de embarazo –suspiró, impaciente, y vio como se iluminaba de pronto su expresión.

–¡Estás embarazada! –exclamó admirado.

Libby asintió con la cabeza. Y la sonrisa que vio en sus maravillosos ojos la llenó de alivio.

–Voy a ser padre…

–Sí, pero dentro de ocho meses –le advirtió–. ¿Crees que tendrás tiempo para acostumbrarte a la idea?

–Libby…–le acarició amorosamente una mejilla con un dedo–. ¿Acaso no estabas segura de que me pondría loco de felicidad?

–Bueno, no lo habíamos planeado y…

–Yo tampoco planeé enamorarme. Ni casarme –la besó en los labios–. Pero ahora planeo amar y venerar tanto a este bebé como amo y venero a su madre.

La cruda sinceridad de su voz hizo que se le llenaran los ojos de lágrimas.

–Son las hormonas –se disculpó, sorbiéndose la nariz.

–Eres encantadora, Y guapísima –la besó en la punta de la nariz–. Nuestro bebé será…

–Sobre el bebé, Rafael… –lo agarró de un brazo–. Todavía es demasiado pronto y a veces las cosas salen mal… ¿te importaría que no se lo dijéramos a nadie de momento?

Rafael la contempló enternecido. Sabía que solo el

tiempo lograría despejar las dudas que todavía veía en sus ojos.

—Será nuestro pequeño secreto —añadió, poniéndole una mano en el vientre.

—No lo será tanto si te empeñas en hacer esto delante de la gente —a pesar de sus protestas, Libby no le retiró la mano. Le gustaba sentirla allí. La hacía sentirse segura, amada.

Poco después, mientras regresaban con los invitados en el jardín, Rafael alzó la mirada hacia el gran edificio de estilo georgiano.

—Entonces… ¿te gusta esta casa?

—Es preciosa. Con gusto pasaría la luna de miel aquí. Y que conste que no me estoy quejando… —se apresuró a añadir, consciente del esfuerzo que había hecho él por organizar una luna de miel especial—. ¡Un mes entero en nuestra propia isla desierta! Descalzos todo el día…

—Y desnudos —observó Rafael, que antes se había quedado pensativo.

La imagen de su espléndido marido caminando completamente desnudo por una playa bañada por el sol asaltó de pronto su mente.

—Supongo que tendremos intimidad…

—Desde luego que sí, querida. No tengo intención de compartirte con nadie. Respecto a esta casa… me alegro de que te guste. Esa era mi esperanza cuando la compré.

—¿Que tú qué? —se le quedó mirando con la boca abierta.

—He comprado la propiedad. Toda ella —hizo un gesto abarcando el parque que la rodeaba—. Es tu regalo de bodas. Está en condiciones razonablemente buenas, desde luego, pero quiero que tú la decores y la cambies a tu gusto.

–Pero…

–Un hogar es algo que yo nunca he tenido antes. Ni esperaba tener. Tú lo harás realidad.

–Dios mío, voy a ponerme a llorar otra vez… Adoro esta casa. Pero viviría en una tienda de campaña con tal de estar contigo. Oh, Dios mío… –tomó el pañuelo que él le ofrecía–. ¡Te amo! –le confesó con un sollozo.

Y Rafael se tomó su tiempo para convencerla de que sus sentimientos eran recíprocos…